JN091083

ポーランド文学
KLASYKA LITERATURY POLSKIEJ
古典叢書
11

婚礼
Wesele

スタニスワフ・ヴィスピャンスキ
Stanisław Wyspiański

津田晃岐 訳
Translated by
TSUDA Terumichi

未知谷
Publisher Michitani

目次

婚礼

《ポーランド文学古典叢書》第11巻

装幀　菊地信義

人物[1]：

主人
花婿
マリシャ
父
ヤシェク
詩人
ノス
マリナ
市議夫人
チェピェツ
クリミナ
スタシェク
ユダヤ人
楽師

主婦
花嫁
ヴォイテク
浮浪爺
カスペル
記者
司祭
ゾシャ
ハネチカ
チェピェツ夫人
カシャ
クバ
ラケル
イシャ

劇中人物[2]：

藁ぼっち[3]
幽霊[4]
スタンチク[5]
総司令官（ヘトマン）[6]
黒騎士[7]
吸血鬼[8]
ヴェルヌイホラ[9]

舞台美術

十一月の夜。田舎家の内、客間の中。部屋は灰白色に塗られ、ほとんど空色をしており、調度品もそこを行き来する人々も、同じ灰色っぽい青味の色調で包んでいる。

脇に開いた、土間へ続く扉を通して、盛大な祝宴の音が聞こえる。唸る低音提琴(バセトラ)[10]、ヴァイオリンの金切り声、言うことを聞かないクラリネット、百姓や村女たちの喚声、そしてすべての調べをかき消す、旋律的な単一の騒(ざわ)つきと床を踏む踊り手たちの大音響。彼らはそこで固い塊になったまま、雑音に消える何かの歌の拍子に合わせて回っている……。

そして、この部屋すなわち舞台を通ることになる者たちの注意はすべてそこに、絶えずそこに向けられる。彼らはこの踊り、ポーランドの調べに絶えず聞き入り、見入る……。台所用ランプの薄明かりの中、渦を巻く色彩の、多彩な飾紐(リボン)の、孔雀の羽根飾り[11]の、郷民大襟(キエレ)の、長外衣(ズィア)[12]の、彩り豊かな郷民長上衣(カフタン)[13]の、そして郷民上衣(カバト)[14]の踊り、我らが今日の農村ポーランド。

奥の壁には脇部屋への扉があり、そこには主人夫婦のベッドと揺り籠、そしてベッドで寝入った子供たち、上には画の聖人たちが並んでいる。部屋のもう一方の横壁には、白い薄織物(モスリン)のレースカーテンで覆われた小窓。窓の上には、刈り穂で作られた収穫祭の花環。……窓の外は暗い、闇……窓の外には果樹園があり、雨と吹き降りに晒されて灌木が藁で包(くる)まれている。冬囲いで覆われているのだ。

部屋の真ん中には円テーブルが、白くたっぷりとしたテーブルクロスを掛けられている。そこには、眩しく灯る青銅製のユダヤ式燭台の傍に、ふんだんな食器。皿は今しがた添い婿たちの一団がそこから立ったように捨て置かれ、誰も片付けのことなど考えていない乱雑さ。テーブルの周りには、白木で作られた、簡単な木製の台所用腰掛。加えて部屋には、大量の書類を撒き散らされた机。机の上方には、マテイコの『ヴェルヌィホラ』[15]の写真と、マテイコの『ラツワヴィツェ』[16]の複製石版画が数枚。奥の壁際には、擦り切れたソファー。その上方には、十字に組まれたサーベル、小銃、旅行用ベルト、革鞄。別の隅には白塗りのストーブが、部屋と同じ色になっている。ストーブの横には、光る青銅の細工で装飾された帝政様式(アンピール)の小卓[17]があり、その上には、雪花石膏(アラバスター)の支柱数本が金メッキされた時刻盤を掲げる古時計。時計の上方には、一八四〇年代の衣装を着けた美しい貴婦人の肖像があり、巻き髪を垂らして暗色のドレスに浮かんだ若い顔に、軽やかな薄織物(モスリン)のターバンを添えている。

婚宴の扉の所には、巨大な田舎風の嫁入り櫃。色を鏤めた花や色を鏤めた模様が描かれている。すでに擦れて色褪せている。窓の下には、古いがらくた、背凭れの高い肘掛け椅子。

　婚宴の扉の上方には、巨大なオストラ・ブラマ聖母像[18]が、深いサファイア色の地に銀のドレスと金の光背とを纏っている。脇部屋の扉の上方には、同じように巨大なチェンストホヴァ聖母像[19]が、柄織りの衣を纏い、数珠玉の飾りとポーランド**元后**の王冠とを着けて、祝福のために御手を挙げた幼子イエスを抱いている。

　天井は木製で、長い単純梁が渡され、それら梁には**神の言**(ことば)[20]と建築年とが書き出されている。

事は千九百年に起こる[21]

第一幕

第一場　チェピェツ、記者

チピ　旦那、政治（ず）はどうなっとるけ？
　中国人（ずん）らは負けんと頑張っとるけ[22]⁉

記者　あぁ、これはこれは、ご主人さん、
　日がな一日、中国人にはうんざりですよ。

チピ　旦那は政客やろ！

記者　　そう、それ、政客に
　うんざりなんです、もうたくさん、一日中。

チピ　面白いことになるのは、いつやろ。

記者　面白いという人は、これでも読めって。
　中国がどこにあるかぐらいは、お分かりで？

チピ　そりゃ、遠くや、どこやら遠い所（とこ）。
　旦那らってのは、まるっきり分かっとらん——
　百姓は百姓の頭脳で
　たとえ遠くにあったとしても当てるんやって。
　おらっ達（ちゃ）だって、ここで新聞（すん）を読んどって、
　何（なん）も彼（かん）も分かっとるが。

記者　　何のために……？

チピ　自分らから世界に出ていくが。

記者　僕が思うに、あんた方の教会区が
　あんた達には広すぎる程の世界でしょ。

チピ　ほんだもんでさ、おらっ達（ちゃ）の所（とこ）にも、
　日本に二年も居（お）った者らが来ることがある。
　戦争[23]があったときな。

記者　でも、ここは平和な村だよね。
　世界中で戦争があってもいいさ——
　ポーランドの村が静かでさえあれば。
　ポーランドの村が平和でさえあれば[24]。

チピ　旦那は村の動きを怖がっとられるんや。

旦那は心でおらっ達を嗤うとらっしゃるんや。
おらっ達はと言えば、おらっ達は
何かの打つ合いだけに駆け付ける。
おらっ達みたいのから出たんが、グウォヴァッ
キ[25]や。
で、思うがは、旦那衆は
今ごろたくさん持てとったが。
ただ、持つたいと思いたくないがいっちゃ！

第二場　記者、ゾシャ

記者　貴女って、ほんとにコサックさんだ。
　　お馬を下りたら、もう悲しそうだ。
ゾシ　貴男の方はいつも口がお上手ね。
記者　これはお世辞じゃないさ。そう感じて、
　　それを少しも抑えないのさ。
ゾシ　貴男が少なくとも見当を付けられるのは、
　　いいことね——いつが気持ちか、
　　いつがサロンのお遊びか……。
　　でも今回は……。
記者　　これは貴女の魅力の仕業さ。
　　貴女はとても愛想がよくて、
　　こうして頭を下げた……。
ゾシ　でしょう？　まるでこれほどの名誉に会って
　　驚いてるみたいでしょ。
　　大新聞の編集者さんが
　　私のことを、絵のように
　　注視して、大目に見てくれてるんだもん。
記者　絵は色鮮やか、疵はなし。
　　絵の具は新鮮、天然のもの。
　　線描は極めて真に迫っている。
　　すべてが額装に打って付けなほどだ。
ゾシ　変わった目利きがいるようね。
記者　だからって、なんで貴女は怒ってるんだい？
ゾシ　だって、貴男がローエングリン[26]さながらに、
　　白鳥みたく私のことを歌うんだもん。

私たちはお互いの相手じゃないでしょうに。
なら、これほどの歌尽くしは何のためなの？

記者　こういうことさ、社交上の言葉尽くしで
　こうなるのさ。

第三場　市議夫人、ハネチカ、ゾシャ

ハカ　あぁ、叔母さん、叔母様ぁ！
市夫　何よ、お前様？
ハカ　あの人たちは踊っていて、私たちは立ってる。
　私たちだって踊りたいわ。
市夫　もしかしたら旦那衆の何方（どなた）かがお望みになるか
　しら？
ゾシ　旦那衆の誰とも踊りたくなんかないわ。
市夫　少し自分たちで踊ってきなさい。
ゾシ　私たち、できれば添い婿たちと踊りたいの――
　あの、孔雀の羽根で部屋の天井板を
　掃いている人たちと。

市夫　あの人混みに行くっていうの？
ハカ　こうギューって気分いいわよ、いいわよ。
市夫　彼らはあそこで押し合い、圧（へ）し合いしていてね、
　こっちからとも、あっちからともなく、突然、
　ビシッ、バシッて、面（つら）を叩き合ってるのよ。
　あんた達向きじゃないわ。
ゾシ　私たち、すぐに戻ってくるわ。
市夫　あんた今日、何でそんなに陽気なの？
　額の髪を掻き揚げなさい。
ゾシ　一つ周って、一つ周って！
ハカ　叔母様はものすごく機嫌が悪い。
　その悪さは途轍もなく……けど呆気なく……
　今すぐお口に接吻（キス）してあげる。
市夫　ハネチカはいつも自分を通すのね。
　乙女さん、どうぞ踊り疲れるまで。

第四場　市議夫人、クリミナ

クナ　毎度さん、今晩は、皆さん。
市夫　毎度さん……主婦（おかみ）さん……。
クナ　小（つ）っさい時からこの田舎（ざいご）の者（もん）で、クリミナと。
　村長の未亡人ですちゃ。
市夫　　市議の妻です。
クナ　クラクフの者です。
　　息子さんを持っとられるね。
市夫　あちらで踊っています。
クナ　　楽しめばいいっちゃ。
　女子（おなご）らが居（お）るが。立っとることはないっちゃ。
市夫　何だかさほど進んでないみたい——
　ただ見てばかりいますから。
クナ　旦那衆は女子（おなご）らが怖いが。
　すぐどの娘（こ）かが何（なん）かを持っていきゃ、
　一回ぐらい踊るやろ。
市夫　あなた達はあなた達のことを、私たちは私たち
　のことを。
　人はそれぞれ自分の蕪を剥くものです。[27]
クナ　思ったが——おっ母（か）さんと話を付けようって。
　そうすりゃ、孫を揺らすことに……？
市夫　あなたってば乗り気ね、おばちゃん。
　ようやく周りを見渡したと思ったら、
　もう私の息子たちを媒酌しようと……？
クナ　あのなぁ、おらは先に楽しんだが。
　今度は他の者（もん）にしてやりたいがいっちゃ。
　ますます多くの人手が要るやろ。
　娶らせたいちゃ、嫁がせたいちゃ！

第五場　ゾシャ、カスペル

ゾシ　添い婿さん、踊ってるのよね。どうか私と。
カペ　お嬢さん、強引に飛び込むんやね。
ゾシ　輪っかを作って……。
カペ　　ぐるりと周って。

お嬢さん、一人して陽気やね。
ほんなら、カシャは喜ぶやろ——
しばらく立っとれて。

ゾシ　　カシャって、どういう？

カペ　ほやから、あの隅の、ああいう……。

ゾシ　添い嫁？

カペ　　そうやっちゃ、第一(いっ)添い嫁、
だから、彼女を俺の妻に勧められとる。

ゾシ　一つ周って、一つ周って……。

カペ　お嬢さんは怒りなさらんやろ——
俺が彼女の腰(こす)の方をがっしり掴むって、
ほやから、カシャの方が幅広やって。

ゾシ　きっと添い婿さんはカシャを愛してる……？

カペ　お嬢さん、一人して陽気やね。

ゾシ　一つ周って、一つ周って……。

第六場　ハネチカ、ヤシェク

ハカ　もしもヤシェクが踊りたかったら、
私がヤシェクと踊るんだけど……？

ヤク　お嬢さんが望んでさえくれたら、
提案してもいいんやけど……？

ハカ　どうぞどうぞ、しばらく輪になって。
陽気にっていうなら陽気に。
今日ヤシェクは第一添い婿だもん。

ヤク　こんな役目は最高に気分がいいっちゃ。

第七場　市議夫人、クリミナ

市夫　主婦(おかみ)、畑には何を？
もう種蒔きはしたのかしら？

クナ　この時(ず)分にゃ種は蒔かんけに。

市夫　収穫はよかったのかしら……？

クナ　お陰さんで、そういうこともあるっちゃ。

市夫　収穫が悪いと、胸が痛むのかしら——
　　　さんざん働いたのにって……?
クナ　いつだって何かは穫れるやねけ。
市夫　いい感じに見えるわよ、あなた。
クナ　奥様の方も悪ないっちゃ。
市夫　自分でもまだ若いと思うでしょ。
クナ　マルチン後の苔桃みたくな。[28]
市夫　もしかすると、まだ嫁ぐとか……?
クナ　何やちゅうてそう訊くがけ?!

第八場　司祭、花嫁、花婿

花婿　司祭様は情け深くていらっしゃる。
　　　どうか私たちをお忘れなきよう。
司祭　私を蔑む者らもいます——
　　　村の出だからと。というのも百姓の出なので。
　　　斜めに見ていて……すぐに手を引っ込める。
　　　でもここで、私の心は軽いもんです。
　　　みんなが仲間。ポーランドという馬小屋[29]です。
　　　私も百姓の出、あなた達も百姓の出ですよ。
花婿　司祭様はもう間もなく
　　　肩衣[30]を纏うんでしょうね……?
司祭　かもしれないし、その資格も持ってます。
　　　しかし確かなことなど何も分からんもんです。
　　　他の者らだって涎を垂らしてますから!
花婿　もしかしたら、肩衣を手配できるかしらん……。
　　　もしかしたら、教会会議の人たちは
　　　情けの目で見るかもしれないじゃないですか。
　　　私はとても願ってますよ。
花嫁　　ちょっとした物ぐらいくれるやろ。
　　　ただあの町者連中は強突く張りで、
　　　押す立って面を引っ叩かんといかん。
花婿　お前さん、ここで言うのは、
　　　神父様に認可してくださるはずの
　　　教会の位のことなんだよ。
花嫁　おらは別の物やと思ったが。

司祭　無邪気というのは無実でもありますね。

第九場　花婿、花嫁

花嫁　ずっと喋って喜んどるだけながやね――
この愛することがどうなるかって。

花婿　お前は口付けの方がいいんだね……。
愛していくよな、でも言ってくれよ……？

花嫁　だってもうあんたに喋り尽くすたっちゃ。
誰もおらをあんたから引き離すわけないやろ。

花婿　心は愛することをますます喜んでる。
お前はもう俺のものだ！　喜び、幸せ！
こんなに多くだとは思わなかった。

花嫁　ほやから欲しかった、で、婚宴があるでしょ。

花婿　はぁ、口付けすれば、俺は見てない。
見ているときは、口付けしてない。
お前の顔はますます綺麗だ。

花嫁　けど血はこんなに煮立っとるっちゃ。

花婿　口付けしてくれ、もっと、もっと。
心ゆくまでお前を愛おしむぞ――
口、目、額、花冠[31]……。

花嫁　あんたって、えらい充たされん人やね。

花婿　決して満腹しない、決して満足しない。
そういうのがもう俺には喜びなんだ。
際限なくお前に口付けしたいくらいだ。

花嫁　それは苦痛な作業やな。
可笑しない、可笑しない――
こんなに沸き立っとる人が、こんな青い顔しとるのは。

花婿　自慢しない人が、自慢しない人が。
放っといてくれなかったんだよ、彼女らが。

花嫁　それはあんたが望んだから。

花婿　　彼女らが自分で望んだのさ。

花嫁　何（なん）ちゅう怪（け）すからん連中ながいっちゃ？

花婿　俺たちはまったくの独習者だ。
俺はいろんなやり方で恋をしたけど、

お前のことは自分のやり方で欲しいんだ――
　俺たちのやり方で。
花嫁　　そう、ね、心からやね。
あんたがよければ、それでいいっちゃ。
花婿　今度こそ何も俺を迷わせない。
それほど俺は求めてた――穀物を、太陽を……。
花嫁　婚宴があるやろ！……踊ってこっしゃい！

第十場　詩人、マリナ

詩人　どの娘でも、心をもう自在に使える娘が
こう言ってくれたらね――
こうずばり、「そうよ、あんたが欲しいわ」って。
どこかの村娘がするように……。
マナ　それはひょっとして、私がその娘なのかな？
私が求婚するという娘なのかな？
どこからそんな自信ありげな表情が？
詩人　まったく別の予定をしてたんだよ――
そもそも予定などを僕が持ってたとすれば……。
優しく何か言いたかったんだ。
心をノックしたかったんだ――
何か聞くため、何か立ち聞きするために。
どんなふうにそこで動いてるんだろう、
どんなふうにそこで燃えてるんだろう……?!
マナ　貴男に嘆きを聞いてもらわなきゃ。
心に火が充分焚かれていません。
誰かが私を妻にもらえば、
温もりには満足するでしょうけど。
貴男に嘆きを聞いてもらわなきゃ――
寒いけど、火傷するかもしれないって。
詩人　アモール[32]なら切り盛りできるんじゃ。
マナ　アモールは盲目で、裏切ることもある。
詩人　アモール、すなわち追い掛ける有翼の霊だよ。
マナ　翼の訴えが多いのね。
詩人　だから訴えを抱えて終わるのさ。
マナ　そして教会では終わらない。

詩人　そのときはもう籠の中のアモールだから。
マナ　罠の中の狐でしょ。
詩人　　網の中の蝶だよ。
マナ　勤務中の女王付き小姓（キアゲハ）[33]よ。
詩人　借金返済後の結婚さ。
　　様々な愛が唆すんでね。
マナ　あら、なら私たちは貸し借りなしね。
詩人　　貸し借りなしさ……
　　何かが始まるなんて思ってなかったさ。
　　貴女はほとんど気を悪くしてる……？
マナ　何をまだ貴男は探してるの？
詩人　勉強が無駄にならなかったってことを。
マナ　誰が勉強したのよ？
詩人　　こうして互いに――
　　僕が貴女から、貴女が僕から。
マナ　私は何にこの勉強が？
詩人　何にも。
マナ　　つまり？

詩人　　芸術のための芸術さ。
マナ　目眩だわ、大いなる栄光だわ。
　　どうぞいろんな芸術を切り開いてください――
　　私が落ち着いてさえいられるのなら。
詩人　若いお嬢さんとの会話――
　　こういう翼の生えたスタイルで
　　若者たちが普通それを交わしているみたいに。
　　頑なな乙女との会話――
　　愛するものについての。
　　愛についての、アモールについての、
　　この男（ひと）、あの男（ひと）の中に突然現れるかもしれない
　　魅惑的な乙女との囁き合い――
　　真面目半分に、揶揄（からか）い半分に……。
　　いつだってまだ研究の価値はある。
マナ　揶揄（からか）い半分に、真面目半分に
　　貴男は社交的恋愛（ガランテリ）を楽しんでるのよ。
詩人　それはないでしょ、それはないでしょ。
マナ　貴男は詩人、貴男は詩人。

何か、叙情詩調（リリシズム）のように、弦が鳴ったの。
私、貴男のことを危惧したんだもの——
この思いがけない矢が当たるかもしれないって。
でも貴男によ。

詩人　僕は社交的恋愛（ガランテリ）で貴女を楽しませてるのさ——
揶揄（からか）い半分に、真面目半分に。
どうやって別個のスタイルが創られるのか——
誰一人、誰にも届かず、
誰一人、誰をも傷付けず……
幾肘分もの薔薇色のリボンが……
祭壇へは導かない……。
女性とは神秘なり。[34]

マナ　もしもし、どういう弁舌なのよ！

詩人　言葉、言葉、言葉、言葉。

マナ　それはないでしょ、それはないでしょ！

詩人　またどんな新しい考察が？

マナ　貴男は詩人、貴男は詩人。

第十一場　司祭、花婿、花嫁

司祭　花嫁さんにお話があります——
花婿さんに乾杯しつつ……。

花嫁　何（なん）ながけ、何（なん）ながけ？

司祭　もしかすると、フム、しばらく時が経った後で、
というのも人間は人間ですから、
なに、たくさんの人の例なんですが……
というのも人間は人間ですから、
年齢を重ねるだけで落ちていく……。

花嫁　酸乳がそうなんみたいに。

司祭　あなた達は若い。あなた達は若い。
今日はすべてうまく合ってますが、
あなた達を冷ましてしまう時がやって来ます。

花婿　感謝します。司祭様は気苦労をなさらぬように。
気苦労なさいませんように、神父様。
この件にはもう神様が関わってくれましたから、
すべてを和らげてくれるでしょう。

朝、教会に行きましたし、

司祭　祭壇で結婚式を挙げたんです。
そう、ですが、よく起こることなんです。
ものすごく多くの例がありますから、
思い出すのは有益です。

花婿　ご心配にお礼を言いなよ。

花嫁　おらなら彼女のお頭(つむ)を織り機みたいに毟(むす)ってやるっちゃ！

花婿　けど愛してます、だって嫉妬してますから。

司祭　おぉ、おとぎ話みたいにカラフルな女(ひと)ですな[35]！

第十二場　花婿、花嫁

花婿　お前は俺を愛しているよな?

花嫁　　そうかも、そうかも……。
ずっとそのことを喋ってばっかりやっちゃ。

花婿　俺の心臓が金鎚で打ってるからだよ。
俺の頭の中が轟いて、騒めいてるからだよ……。

花嫁　俺のヤガ[36]、つまりお前が俺のか?!
ちゃんと、あんたのやっちゃ。そうやちゃ、あんたのやっちゃ。
だって、何(なん)にまたそうやって驚いとるがけ？
ずっとそのことを喋ってばっかりやっちゃ。

花婿　お前の方は、お前の優しい心をもってしても
当てられっこないよ、少女のような奥さん。
俺の心臓がどんなに金鎚で打ってるか——
この冠を、この光り物の冠を被って
この色とりどりのコルセット[37]を着けた
お前を見るときに。
ちょうど織物会館(スキエンニツエ)[38]の、陳列ケースの、
箱から出された人形を見るように——
エプロン、胸飾り、スカート、
飾紐(リボン)の三つ編みに溶け込んだお下げ髪。
これが俺のなんだって！　これが自分のなんだって！
こんなに顔が光に輝いてるぞって！

花嫁　おらの靴、ちょっときついっちゃ。

花婿　ああ、なら、脱ぎなよ、お前さん。

花嫁　靴職人の仕事（す）はこんなもんやちゃ。

花婿　裸足で踊りなよ。

花嫁　　花嫁が?!
何（なん）をまた?!　そんなが駄目やちゃ。

花婿　何で苦しむ？　何の目的で？

花嫁　婚宴では靴を履いとらんといかん。

第十三場　司祭、花婿

花婿　誰が誰に何を禁じられるんです？

司祭　それは誰が何を追い駆けているかに拠りますな。

花婿　そうやって他人（ひと）を見守ってるんですか……？

司祭　世界で誰もが同じものを持ってるんじゃなく、
各々（それぞれ）が自分の個別のものを持ってるんです——
その人を維持してるものを……。
それでそうした細かい物々、小さな、目立たない物々が
一つの大きな物を形成してるんです。

花婿　司祭様、もし否定したければ、してくれて構わない……。
幸せは、各々（それぞれ）の鼻の先にある。
で、それがあるなら、取るべきだ……。
心の声に従うべきで、
馬鹿呼ばわりされてはいけない。

司祭　そうですが、旦那さん、
みんなに同じ呼び声があるわけじゃない。
誰かが何かに手を伸ばして、でも手に入れられなかったら？

第十四場　市議夫人、マリナ

市夫　乙女たちはもう夢中ね。
燥（はしゃ）いでいるようだわ。

マナ　　ちゃんと味がするまでね。

チェピェツが私を腰の所で掴んだとき、
私を包んで、ぐるぐる周(くる)ったとき、
目の前に星が見えたわ。
まるで円の渦を描いて回転している
空中飛行か何かみたいに。

市夫　汗が額じゅう流れてるわ。
じきに風邪を引くかもしれないよ。

マナ　そうね……今ね、考えてるの——
金と銅とは違うものなのよ。

市夫　お喋りは止(や)めて。休みなさい。静かに坐ってなさい。

マナ　けど私の考えは、先へ、先へ、先へ……。

第十五場　マリナ、詩人

詩人　目から電気が飛び散ってるね。

マナ　踊ったときに体が火照ったの。

詩人　愛するものを夢見ているね……

誰かの心が貴女にとって何だってんだい。

マナ　もしかしたら、貴男の心はそれゆえに……？

詩人　鞭で打つことを知ってるね……？

マナ　何を言うの、何のこと……誰をそうするのよ？

詩人　空(くう)を切ってさ、大きくね。

マナ　誰かの心が貴男にとって何だというのよ。
足で蹴ることを知ってるでしょ……？

詩人　誰をそうするのさ？

マナ　　そう乱暴にじゃなく……
空(くう)を切ってよ、高くね。

詩人　何しに？　何で？

マナ　　何のためでも。

詩人　それなら何も悪くない。

マナ　　そして何にもなりはしない。

詩人　これは謎々？

マナ　　スフィンクスよ。[39]

詩人　　メドゥーサでしょ。[40]

マナ　そこから貴男は推し当てるのでは——

近代的なスタイルのお断りを。
ちょうど私が容易く推し当てたみたいに——
自分自身の栄光にひたって眠る、
高い岩の上の虚飾を。

詩人　ゼウスと神様は天に住んでいて、
どちらも自分の場所にいるじゃないか。
プシュケー[41]はそれをこの上なく愛おしむのさ。
……誰がどこの高みで眠っているかを
貴女はちょっとだけ、私(ひそ)かな便りで知っている。
目はまだ届いていないね。

マナ　ちょっとだけ、やっとのことで解るわよ。
目はまだ届いていないし、
巨岩の上に這い上がったことはないんだもの。
そこはすごくお高くて、騒めいていて、雲に近いの。
大げさなスタイルの口上手、
それをもうたくさんの人が踏破したのよ——
いろんな大物、小物、低い者が。
すべてがとても格別で、
とても珍奇で、とても新しい。
ただね、全員がそうしてるの。

詩人　もしもし、どういう弁舌だい……?

マナ　言葉、言葉、言葉、言葉。

詩人　なら、感情がそんなに積もってるんだ。
それらが無駄になるのは惜しいね。

マナ　それはないでしょ、それはないでしょ。
貴男は私が埋め尽くされてるって思ってる?

詩人　僕に分かるのは、貴女が覚えてるってこと——
誰にどんなレッテルが
貼られていて、留めされているか。

マナ　積もっている感情が
無駄になるのは惜しいわ——
貴男は詩人、貴男は詩人って。

詩人　そう、それ。それがレッテルさ。

第十六場　ゾシャ、ハネチカ

ゾシ　愛したいのにな――でもすごくよ、
でもほんとにすごく、すごく、烈しくよ。

ハカ　それは、この音楽がこう弾んで鳴ってるから、
きっとあんたの心が弾んでるのよ。
まだ相当、充分心は泣くだろうな――
愛するものが宥めてくれる前に。
喜べ、心よ。喜べ、あんた。
まだ一度ならぬ涙が、塚が
その愛とあんたを隔ててる。

ゾシ　こうして運命が幸せを蔑んでるからって?
こうして幸せを目に振り掛けてくれないで、
夜明けが目の前に広がった途端、
こうしてすぐ煌めきを消してしまうからって?

ハカ　まず苦しみの輪を通らなきゃならないの。
まず不運を、痛みを通らなきゃならないの。
その後で、あんたの痛みが心を充分刺し尽くし
たら、
いつかは陽気になるだろうな。

ゾシ　もし私が運命の女主人（あるじ）だったら――
例えば、ああいう、ほら、幸運の女神（フォルトゥナ）。[42]
だったら、金羊毛[43]を刈るのにな――
人たちに安く全部あげるために。
すごく辛い、長い追い掛けで
こうして苦しまなくていいように――
だってどの人も囚人みたいに、自分の犂を追っ
てるもの。
人たちが心ゆくまで愛し合えるように。
彼らのすべてが回っていくように――
まるで金の糸が紡がれるみたいに。

ハカ　でもここに古（いにしえ）のパルカエ[44]なんかがいて、
撚り糸を鋏で切ってくる……。

ゾシ　しかも、たぶん、何かの罰で
愛はこんなに不幸なのよ。
誰の罪、誰の罰で、古（いにしえ）のパルカエは

撚り糸を裂こうとするんだろ……？

ハカ　あぁ、こんなにすごく愛したいのに！
まず充分に啜り泣いて、
泣き尽くして、泣き喚かなきゃ。何度もね――
結局あんたを教会に立たせるまで。
その後で好きに愛すればいい。

ゾシ　あぁ、それこそ私の気持ちが軽蔑するもの……。
それじゃない。それはまだ頭になかった。
私が望んでるのは、
私が一瞬で気に入るような誰かが現れて、
私も彼の好みに合って、
二人同時にそこへ行き着くことよ。
分かるでしょ、そういう男（ひと）を愛したいの。
しかも、ほんとにすごく、すごく、すごくよ。

ハカ　あぁ、それこそ私の気持ちが軽蔑するもの。
だって、まず試し抜かなきゃいけないじゃない。
何かを苦しみ抜いて、何かを痛み抜かなきゃいけない――
愛を尊重できるように。

ゾシ　もうそれなら私、自分のがいいわ。

第十七場　花婿、ユダヤ人

花婿　モーセ君[45]が婚宴にやって来ました……。

ユ人　そうさな、ためらいながらもここに来ました。

花婿　そうさね、我々は友人なんだし。

ユ人　そうさね、ただ我々は
お互いを好きでない友人ですな。

花婿　だけど、毟る者がいるように、
そっぽを向く者もいる。

ユ人　そっぽを向けばよろしい。だけど、彼らが必要とするとき、
彼らのものは儂の所（とこ）にとても多くある。

花婿　質（しち）にね。

ユ人　そうさね、なら懐にあるようなもんです……。
旦那、今日はカラフルに輝いてますな。

それ、明日には脱ぎ捨てるんでしょうに……？

花婿　国民的な農民装束さ。

ユ人　そうさな、国民志向で空費してるんですな。
旦那には許されるか……仕立ては見事だ……
もう過ぎたものだが。

花婿　　そうさね、なら、まだ戻ってくるさ。

ユ人　各々(それぞれ)が自分の鼻先を見つめていれば、
そこから何か別の機会に出るかもしれんが。

花婿　まさに今がそういう時さ。

ユ人　そうさな、儂の方はヴァイオリンを弾いていて、
　旦那は低音提琴(バセトラ)を。

花婿　モーセ君が婚宴にやって来ました。なら彼に低音提琴(バセトラ)を弾いてあげます。

ユ人　そうさね、娘からもう聞いてますよ——
花婿さんは音楽を感じる人だって。

花婿　ラヘラ嬢[46]には会いたかったね。

ユ人　彼女は自分でここに来ます。
言ってましたよ——眠ってるより
旦那衆や婚宴を眺めてる方がいいって……。
教育のある娘(こ)です。

花婿　　疑う気もない。

ユ人　音楽が彼女を捕らえてるって言ってます。
嫁にはまだ取ってもらえません。
郵便局にでも彼女を入れようかしらん。[47]
儂の娘、あれは女です、
けど、モダンの乙女で、
ほんとうに星(スター)のようです。

花婿　　つまり衛星だ？

ユ人　どんな本でもありさえすれば、読んでるし、
しかも、ケーキは延し棒で捏ねるし、
ウィーンでオペラに行ったし、
家では自分で自分の洗濯をする……。
それで、プシビシェフスキ[48]を全部知っていて、
髪は半円形に作ってます——
絵画のイタリアの天使らみたいに、
アラ……

花婿　ボッティチェッリ風に(ア・ラ・ボッティチェッリ)[49]。
ユ人　旦那がいつか彼女と話したいじゃないかと
　　　思ってたならいいんですが……？
花婿　　思ってた、思ってた。
ユ人　一度行ったら、留守だったのさ。
　　　彼女はああした詩人たちが好きなんです。
　　　それどころか、百姓たちさえ好きなんです。
　　　彼女は百姓たちに付けを許す、
　　　と、儂は心が切られるほどです――
　　　非常に癇に障ることですから。
　　　それで儂は一度ならず葛藤の中です――
　　　こっちに商売……こっちに心……。
　　　旦那は何で百姓女を娶るんです？
　　　知的な乙女たちがいるでしょ。
花婿　彼女らが俺には月並みに思えてね。
　　　ボッティチェッリのあれらのことは愛してる。
　　　だけど、我々の大地を一咫(あた)毎に
　　　彼女らで埋め尽くしたくはないんでね。

第十八場　花婿、ユダヤ人、ラケル

ラケ　はぁ、今晩は(ボン・ソワール)[50]。
ユ人　　儂の娘です。
ラケ　一切れの雲が、一切れの霧、夜の靄が
　　　私をここへ連れてきてくれたわ。
　　　この煌々と照る百姓家は、
　　　遠くからは、洪水の中の箱舟みたい。
　　　周囲は泥濘(ぬかるみ)、大洪水、
　　　酔った百姓たちが声を轟かせてる。
　　　この煌々と照る百姓家は、
　　　暗夜に音楽を奏でているのが、
　　　至極気持ちよく思えたわ――
　　　箱舟みたいで、魔法の舟の形をして。
　　　それで来たの……父さん、いいかな……？
ユ人　そうさな、ラケルが好きに羽目を外せばいい。
　　　そうさね、旦那は儂をユダヤ人だと毛嫌いして

ますが、
彼女のことは尊重しなければなりませんよ。
彼女は父親を恥じていませんよ。

花婿　貴女は我々と一踊りしに来たんだね。
もしペアを求めているなら、
暗夜にペアを我々が引き取るさ。
あそこで踊りがあって……あそこに楽師たちがいて、
で、ここに主人宅の食器[51]が。

第十九場　花婿、ラケル

ラケ　夢幻劇（フェリー）みたいな、おとぎ話みたいなアンサンブルね[52]。
あぁ、このひた歌う田舎家は、
まるで中で鶯が鳴いてるみたい。
そしてその衣装は、虹に浸かったみたいね。

花婿　貴女の言う通りだ。蛾たちは蝋燭の周りで

いちばん音を立てる。
光がある所、集まらずにはいられないんだな。

ラケ　よかれと信じて、飛び集まってくるのよ——
盲目的に、心から、正直に。
まったく思ってもみないのよ——
彼らをそこで待っているのが、
彼らの羽を焼く残り火だなんて。

花婿　羽を付けて貴女はここへ来たのかな……？

ラケ　羽を付けてたのは、ぶら下がってた私の思い。
歩いて来たのよ——膝までの泥濘（ぬかるみ）を、
酒場宿からここ、館まで……。
あぁ、このひた踊る集団。
このひた歌う田舎家、
ほら貴男、きっと分かるわ——
貴男が少し変えて、付け足せば、
詩になるんだって。

花婿　そういうふうに感じてるし、そういうふうに聞いてるさ——

この長閑さも、この静けさも、
果樹園を、藁葺き屋根を、草原を、森を、
鋤き起こしを、収穫を、長雨を、青葉を。
俺はこれまですごく窮屈な中で、
灰色の黴の壁に囲まれて生きてきた――
すべてが灰色で、古びてたんだ。
ここでは突然すべてが若い。
生きた魅力を見つけたのさ。
だから、その若い生命(いのち)を吸い込んでる。
今は見つめに見つめている――
この美しい、彩り豊かな民を。
粗暴ではあっても、厳しくはあるけど、
こんなに爽やかな、こんなに健康な民を……。
昔のすべてがどんどん色褪せてる。
それを俺は感じてるし、それを俺は聞いている。
いつかはこのすべてを書くさ。
今はこうして宙にぶら下がってる――
この魅力にひたって、この歓喜にひたって。
馬に運ばれてるみたいに飛んでる……。
この一カ月、裸足で歩いてるんだ。
たちまち健康な気分さ。
裸足で出歩き、頭も無帽。
下にはこれ以上何も着ないんだ。
たちまち前よりいい気分さ。

第二十場　花婿、ラケル、詩人

詩人　花嫁が何か一言
　君にあるようだ。
花婿　　貴婦人(クイーン)を捨てるよ。[53]
　我が婦人に奉仕しなきゃならない。
ラケ　もしかすると、一言は口実かもしれないわ。
　だって何かが私に頭(かぶり)を振って知らせてるから。
詩人　どうってことない些細なことだけさ。

第二十一場　ラケル、詩人

ラケ　貴男は残ってくれるのね。
詩人　貴女が興味を引くんでね。
ラケ　私は見て、量ってるのよ。
詩人　初対面からそうなの？
ラケ　まぁ、無関心からこうなるって、貴男は思う？
詩人　雷の一撃だね。
ラケ　　外れることもあるけど。
詩人　そう、それこそ、お嬢様、
　愛、アモール、金の矢さ。
ラケ　アモール、アモール、神、異教神、
　それは盲目的に破滅へと身を投げて、
　叫ぶ――
　火も放ってやる、そして破壊してやる！
詩人　ベレロフォン[54]は鞍なしで飛ぶしね。
　貴女には詩が染み込んでるね。
　ほんの二言三言、ムーサ[55]が
　鳴らしてくれただけで……もう閃きが……？
ラケ　貴男、終わりが近いって考えてる。
　アモールの異教神が私を攫うからって？
詩人　それこそ足から頭の爪先まで――
　ガラテイア[56]さ！
ラケ　　何よ、私はニンフ？
　まさに同じことを私に繰り返してるわ、
　ある見習い弁護士が。
詩人　だから彼を疎かにしている――
　仕事の人間だって……？
ラケ　　リンパ質[57]なの。
　こんな人よ、あまりによくあるけど――
　別の誰がどこで何を
　詩に、あるいは小説に載せたかって
　ただ繰り返すだけの人。
　個性派じゃない。
詩人　貴女は直（じか）に当人から求めるんだ……？
ラケ　ちょうど花から、林檎の樹から、

雲、太陽、蛙、家畜からみたいに。
満開の果樹園からみたいに……。
このすべての詩、それは空中を駆けていく。
それを大風が吹き散らす。
それは日々新鮮に舞い上がって
すべてから燐光を放つ……。
貴男はそれを書く、私はそれを感じる、
だから……。

詩人　　なので何を願ってるんだい？

ラケ　蜜、陶酔、甘美、
愛、情熱、
そして幸せ。

詩人　　自由恋愛[58]は？……

ラケ　あぁ、いつもそれを夢見てた！

詩人　じゃ、もし幸せの方がずっと情け深くて、
自由恋愛の憐れさを嘆き悲しむとしたら？

ラケ　そのときは夢見るのを止(や)めるだろうな。

第二十二場　市議夫人、花婿

花婿　娶るべきというなら、娶るべきだ！

市夫　年齢(とし)の正午の鐘を鳴らされている者[59]は、
急いで休みを味わえばいいのよ。

花婿　泉の傍では無性に喉が渇くもんさ。
その渇きの中で娶るというのは、
まるで浮かび上がって……。

市夫　両足揃えて井戸に飛び込むようなもの。

花婿　溺れませんよ、溺れませんよ。

市夫　妻をもらう者は沈むもんです。

花婿　沈んで溶ければいい、燃えて尽きればいい――
楽士たちが見事に弾いてさえくれるなら。
婚宴のために弾いてさえくれるなら。
こうやって音楽が挽かれて、
石臼の中のように[60]、騒いで、鳴るなら、
ゴウゴウ、トントン、コンコンと、
跳ねて、叩いて、低音(バス)を合わせて、

ヴァイオリンの細い弦を軋らせればいい――
こう弾むように、こう気分よく。
月の夜の、好天の時の
水車小屋みたいに、挽かれればいいのさ。
騒めく音楽が紡がれればいいのさ。
そして音で終わらなければいいのさ――
たとえ粉挽きに合わせて、轟音に合わせて
踊りながら、忘れながら、揺れながら、
眠り込んでしまうとしても。
魔法の世界さ……魔法は世界の向こうさ！……
僕はそのときみんなの兄弟で、
すべてが僕の仲人なんだ――
この賑やかさの中で、この喜びの中で。
神は僕に客人のことで嫉妬するんだ。
演奏はいい気分だし、眠るのはいい気分だ。
人生があまりにも、こんがらかってた。
夢でもって人生から逃げるのは、いい気分だ。
夢、音楽、演奏、おとぎ話……。

楽士でも買いたいところだ……。
眠る――だって人生があまりにも、こんがらか
　ってる。
強大な力を、何か巨神並みの力を
持たないといけない――
法螺に浸してすべてをあやす杯の上で
何物かであるためには……。
それはもう、こうして首まで達してる。
運命とは苦労、時間とは徒労さ。
眠る、音楽、演奏、おとぎ話。
楽士でも買いたいところだ。
それが僕の魂には適当だろうな……。

市夫　はぁ、貴男[61]って喋る、喋る、喋る。

第二十三場　花婿、詩人

花婿　どう過ごしてる、この婚宴？

詩人　俺が花婿みたいな気がしてる。

花婿　俺は、他人(ひと)の美しさや幸せを
見てるような感じがしてる――
俺のものが俺のものでないような。

詩人　それは、そういう不安なのさ……。
俺は俺のとか、俺のじゃないとか
幸せなんて知ったことか。クソ喰らえだ！

花婿　いいけど小声で、いいけど小声で。
だって君のを見つければ、
それは君が調べを見つけたようなもんだから。

詩人　詩をだろ？

花婿　印象を、いちばん正直な印象をさ。
心の楽曲集を、年中歌謡(カンティチキ)[62]を、
一冊になった全体を、心の一式をさ。
あのすべての初期の出会いも、
あのすべての野良での語らいも、
庭でのも、館でのも、
土間での、玄関での、小部屋でのも、
ついには結婚式まで、絨毯までも――

詩人　つまり、心の一式をさ。
　面白いね――
俺たちが散文を通して理解するものが
熔解して音、韻になるとはね。
そして、その後そこから煙が立って、
文学全体へと流れていくとは。

花婿　まったく自然の中と似たようなことさ――
花はその香りを纏って立ち上るから、
いろんな失意の者たちが
同じ薔薇を嗅ぎにやって来るのさ。

詩人　じゃ、もしそうして薔薇で着飾って、
巨大な
焚き木の山に登るなら？――
薔薇を額につけて
死につつある人間が
どう歌うかを見せるために……。

花婿　それはホメロスの洋琵琶(リュート)[63]でもないと！

詩人　**運命は？　雰囲気は？**

火は？　炎の山は？
焚刑から上がるはずの
真っ黒な雲の群れは?!!

花婿　**死**はってか⁉

詩人　　それを言うなら、**意力**だね！

第二十四場　詩人、主人

詩人　こんな戯曲が浮かんでるんだ——
恐ろしくて、騒めきに満ちて、ポロネーズのように滑らかな。
どこか地下牢から、呻き声とジャラジャラいう音。
そして大風の鳴る音……。
この大風の演奏に合わせて……
どこかの偉大な愛すべき者を思い描いてる。
主人公は甲冑姿で、岩のよう。
花崗岩の欠片のような者。
先頭の騎士。
感情遊戯（ゲーム）を極めた者。「愛する者（クィー・アマト）」[64]たる男。
加えて、物語（ストーリー）は陽気で、
だが、それゆえにひどく悲しい。

主人　それは、そうやって俺たち各々（それぞれ）の中で何かが呼んでる——
つまり、どこか陽気で、
だが、それゆえにひどく悲しい物語（ストーリー）が。

詩人　すべては途方もないおとぎ話さ。
ありありと目に押し入ってくる——
甲冑で光り、甲冑で輝く
昔の人物、だんだん近くなってる人物が。
完全武装の昔の騎士、
彼は何ものも恐れない。
恐れるとすれば、自身の大罪の幽霊だけ。
それで彼の心は痛みに張り裂けんばかり。
けど彼は、そうした心を甲冑にしまって、
呪（まじな）いに掛かったまま、泉の際に立っている。

そして井の澱を見つめて、
井の中の我が身を見ている。
手で水を掬うと、
彼の水は汚れてしまう。
湧き水への渇きは痛苦となり、
だから井から澱みを掬っている。
泉の際で、まるで呪いに掛かったかのよう――
そういう、誰がしかのポーランドの聖人さ。

主人　劇的だ、とても美しい……。
俺たちの所ではすべてが劇的で、
大スケールで、天を衝かんばかりだ……。
それでそういう英雄が呻きを上げると、
ポーランド全土が呻きを上げる。
森という森が騒めく。
山という山が鳴る。
しかし誰がそれを解るっていうんだ。

詩人　劇的な、遍歴の騎士。
だけど領主、一流の領主なんだ。
巨城に独りいて、悲しみにくれて、
しかも城はがらんとしている。
そしてその我らが民は、すごく素朴で、
城の麓に、館の麓にいる。
そしてこの領主は、品格にあふれている。
そしてこの素朴な民は、粗野。
そしてその騎士らしい剛健さは、勇ましく、
神にも似た怒りは、轟然として、凄まじい。

主人　そうやって俺たち各々の中で何かが荒立ってて、
そういう嵐に向かっているのさ。
そうやって俺たちの内で雷を落として、
奇妙な人物たちで煮え滾っている――
つまり、昔の衣装で、昔の仕立てで。
が、その心は常に自分のだ。
これは、そうやって昔の時代が俺たちと闘ってるのさ。
だんだん記憶が薄れているんだよ……。
そうやって俺たち各々の中で何かが集まってい

るのさ。

詩人　各々（それぞれ）の中で霊は行き場がないから、
時として息が詰まる。
すごくどこか彼方へ走って、走っていきたいのに、
すごく俺たちの心が
巨大な、大きな事に笑みを浮かべたいのに、
こっちでは通俗が喚き立てるし、
こっちでは通俗が圧（お）し潰してきて、
口、耳、目へと入り込んでくる。
各々（それぞれ）の中で霊は行き場がないから、
脱け出したい、跳び出したいと思ってる。
両手を腰まで届く血に染めたいと。
腕を広く伸ばしたいと。
大きな翼を広げたいと。
やり過ごすんじゃなくて、飛びたいんだと。
なのに、こっちでは低級な通俗が
口、耳、目へと入り込んでくる……。

近くにあったものが、遠くなる……。
心は深くに、
深い第四の壢条（れきじょう）の下[65]かどこかに埋め込まれてて、
自分の心を受け取ることもできない。

主人　そうやって耕して、そうやって盛るものさ——
毎年毎年、各世代で。
毎回毎回、魂が露わになって、
毎回毎回、大物が出てきて、
そして毎回毎回、陰に潜る。
毎回毎回、偉大な人物が立ち上がって、
あとは翼を受け取るだけなんだ。
毎年毎年、各世代で、
そして毎回毎回、いなくなる、燃え尽きる——
まるでちょうど彼の消える時間であるかのように……。
各々（それぞれ）が自分の火を灯してる。
各々（それぞれ）が自分の聖なるものを聖としている……。

詩人　俺たちは呪われているようなものだ——

幻、怪奇が俺たちを惹き付けて、
悲しむ想像力の産物が
心を掴み、五感を刺激するんだから。
俺たちの眼には霧が掛かってしまったんだから。
俺たちは夢だけを堪能していて、
ここで俺たちを取り巻くものは、
俺たちの能力が変形してしまう。
俺たちの眼には、百姓が
ピャスト[66]の王威にまで大きくなるんだ！
それというのも、百姓がピャストから何かを、
ピャスト朝の諸王から何かを手にしてもいるか
　らさ……多くな！

主人　……もう十年、俺はただ中に腰を下ろしてる。
俺たちは畦を挟んで隣り合ってる。
種を蒔くとき、耕すとき、粉を挽くときの、
あの威厳、あの立ち振る舞い。
やることは何でも確実にやる。
威厳、思慮深さ、理解力。
そして教会で祈るときには、
あの威厳、あの熱意。
とても多く、多くをピャストから手にしている。
百姓は威力なり、それに尽きる。

第二十五場　詩人、主人、チェピェッツ、父

チピ　お疲れさん、ご両人！

父　　毎度さん。

主人　毎度さん、お義父さん、おっちゃん……
クラクフからこんなに客が！

父　ちゅうのも、彼らには新しい物やから――
おらっ達には古くからの物が。
彼らは別の信仰に従っとるが。
魔法でも見るように見入っとるちゃ。

主人　それで彼らにとって新しい物なら、
彼らの惰眠癖を治してくれるさ。

チピ　弟さん[67]……町から……おらっ達の所へ再び。

村は如何(いかが)ですかね？

詩人　懐中の自分の場所みたいだね。

チピ　こっちの方が見事で、あっちは見っともないや
　ろ。
　町の者(もん)らは今日び駄目や。
　村にだけ、気合を入れて動いとる
　魂がまだ居(お)るがいっちゃ。

主人　もしもあんたに、そうやって……。

チピ　　繰り返さない。
　もしいつか、いざとなったら、
　おらっ達(ちゃ)は……知(す)れたこと、吝かでない。
　誰かがおらっ達(ちゃ)を使いたいと思うだけでいいが。
　大鎌は土間倉の上にぶら下がっとるっちゃ。

父　そうやっていつも鼻っぱしが強いのぅ。

チピ　ただ拳骨をよう見てくれや。
　ほれ何方(どっちゃ)でもどこでもヒュッと出しゃいい、
　そうすりゃ肋でギリッと鳴るのが聞こえっちゃ。

主人　あのユダヤ人の時みたく……！

チピ　　あのユダヤ人(ずん)は、
　鼻っぱしを打(ぶ)ん殴ってやるってなって……。
　もう転げたと思うたがに、
　彼奴(あいっちゃ)、血で意識が朦朧となっただけで、
　倒れなんだちゃ——混雑しとったから。
　あれは選挙の際で、
　ここの鷹会館(ソクウ)[68]の広間やったっちゃ……。
　野獣が何(なん)しに喚いとったんか、
　それもあんなに喉を振り絞って……。
　鼻っぱしを打(ぶ)ん殴ってやるってなって、
　もう転げたと思うたがに、
　彼奴(あいっちゃ)、血で意識が朦朧となっただけで、
　倒れなんだちゃ——混雑しとったから。

主人　それならプタク[69]を選んでたのか？

チピ　鳥(プタク)の時なら、飛べばいいいちゃ。

詩人　翼を持った鳥たちがここに居(お)るのかい？

チピ　鳥は一羽一羽同ずでないし、
　人は一人一人同等でない。

魂は魂を脅(おびや)かすやろうし、
鷲は糞(くそ)の上に登ったりせんやろう……。
旦那はこんなで、俺はこんなが。
もしいざって時が来(く)りゃ、分かるやろ、旦那、
そんときは、おらっ達(ちゃ)はここで用意できとる。
おらっ達(ちゃ)は仲間や、おらっ達(ちゃ)は元気や。

詩人　どこかの馬の骨にでも頭を下げればいいでしょ。
ピャスト王を探せばいいでしょ。

チピ　旦那、二度は言わんでいいちゃ――
だって、おらは地面を耕す、それだけや。
大鴉(おおがらす)が何(なん)か、地虫が何(なん)かは知(す)っとる――
だって、おらは地面を耕す、それだけや。

主人　俺の弟は旅を多くしていて……。

チピ　残念や、旦那が好まんって。
おらっ達(ちゃ)の所(とこ)では美(おく)しいライ麦が生えるがいぜ。
旦那はちんたら小麦を離れていくが。
旦那は女と一緒になればいいがいっちゃ。
自分の畑、自分の意志、
自分の小(こ)財、これもまた良し。

詩人　俺はね、こう何かが世界中へと追い立てるのさ。

チピ　どこへや、またまた……。

父　　解っとらんのぅ。
旦那は空気がたくさん必要なが。

詩人　俺は自分の主(あるじ)さ、人鶴(ジュラヴィエツ)[70]なのさ。
夏に備えるようになれば、飛来する。
薔薇で巣を作って、
あんた達の藁葺き屋根から藁をこつこつ貯める。
棟々に止まっては、
界隈を注視している――
嵐が遠いか、近いのか?……
そのとき俺の中にすべてが生えてくる――
朽木の上みたいに、柩の上みたいに。
あらゆる緑でいっぱいになり、
それを太陽の灼熱が灰にまでしていく……。
しかも、あの広大なスケールだ――
ロイスダールの墓地[71]みたいに。

それで誰かが俺の心を傷付ければ、
鈍い刃が腰の中で折れるんだ。
これは治すこともできないし、
免（まぬが）れて逞しさを喜ぶこともできない。
人間は痛みに貪欲なのさ——
自分の痛みなんだとか、これは仲間たちなんだ
とか……。
そのとき海の向こうへ逃げるのさ。
そうやって何かが心を引っ張り付ければ、
心には異議が残るもんさ。
そのとき波の騒めく寝床が欲しくなって、
そこで深みにある夢を、
淵にある夢を探すのさ——無辺際へと駆けてく
ために！
そういう鏃が俺と一緒に彷徨（さまよ）っている。
この痛みが力なんだと思う。

チピ　旦那、手っ取り早く妻を貰わっしゃい。
大きい幸せ（しゃあわせ）、小（つ）っさい代価やっちゃ。

主人　ほら、ほら、ほら、幹事さん！
あんたは仲人がしたいだけだ！

チピ　おらは人達（らっちゃ）に一緒になって欲しいが——
何とかして寄り合（お）うために。
そうやって乗り切るために。

主人　そうすりゃ、やられることもないねけ。
それはあんたのお手柄、お手柄……。

父　何（なん）をあんたは、そうあけすけに
旦那に押し付けとったんや？
旦那は言（ゆ）うたやねけ——人鶴（ジュラヴィエツ）やって。

詩人　戻ってくる鳥さ。

チピ　旦那は放浪鳥（ラタヴィエツ）[72]や！

第二十六場　父、浮浪爺

浮浪　見ろ、おっちゃん、見ろ、おっちゃん、
どうしてこんなことに成ったんかの。

父　神様は与え、神様は取る。

浮浪　こんなことは夢にも見なかったな。
旦那衆は雅やか、旦那衆は騒がしい。
で、それをあんたは何と言っとる――
いろんな身分だか何とかって……？

父　人毎に身分を探して何になる。
要は、あの娘が旦那の気に入ったんじゃ。
みんな同じように人間や。
まあ、旦那衆は自分らだけじゃ退屈やから、
それでおらっ達と雅やかに楽すんどるが。

浮浪　楽すんどるよ、楽すんどるよ、親父さん。
けど、以前には怒りがあったやねけ！
それどころか、血が、虐殺犠牲者[73]があって、
血が郷民長外衣[74]を染めたやろ。

父　そういう異教徒の輩が居ったな。
おらは何も知らん。おらは関係ない。
それはきっと魔と永劫の火[75]が
自分の仕事をしとるんや。
我らを試みに引き給わざれ[76]、
心優しいイエス様……。
あんたは知ってたよな。

浮浪　　お前はずっと若かった。
が、俺は近くに居った。居って、
見たんや。この目が見とった――
雪が融けて、血を濯ぎ流していったのを。
で、その後には幻影[77]が闊歩して、
大きな黒いスカーフをはためかせ、
死を蒔いていく……。

父　コレラが大変だったそうな……。

浮浪　何百人っちゅう者らを攫ってく……。
叩かれた虻みたいに倒れてった――
所構わず、垣の根元に、堆肥の上に。

父　永遠の安らぎを[78]……。

浮浪　そんな所で十字を切っとっても無駄や！
額には、まるで印でも付けたみたいに、
黒い染みと赤い染みがある。
神のお計らい……虐殺もお計らい。

起きたのは謝肉祭[79]の時やった。

父　まあ、爺さん、あんたはまるで大鴉（おおがらす）[80]みたいに、
婚宴の傍を徘徊しとるんや。

浮浪　おいおい、古馴染みよ、
お前の孫は旦那様やな。

第二十七場　浮浪爺、ユダヤ人

浮浪　こっちで踊って、あっちで燥（はしゃ）いで……。

ユ人　酒場宿では部屋を掃かんといかんだろ。
あんた、ここで婚宴の間をうろついて。

浮浪　泥の中の方が彼らはよう踊れるんや。
ここでは全然掃いたりしとらん……
ちょうどユダヤ人が彼らに気を配っとる。

ユ人　何を吐（ぬ）かすけ、何を吐（ぬ）かすけ。
娘があんたに仕事をやる。
ここでうろついとらんで、あっちでお務め。

浮浪　モーセ君だって、ここで添い婿でないねけ。

ユ人　儂は商売でここに来とる。

浮浪　自分のカウンターへと引っ張るために。

ユ人　婚宴というのは騒音がすごくてな、
すべてがここで捏ねくられとるんだ。

浮浪　町の彼は旦那様、彼女は百姓女。
町からはるばる人たちがやって来て、
百姓たちと歓迎のあいさつを交し合（お）うた――
有るべきようにな。

ユ人　　ただの馬小屋劇[81]だよ。
一回好きに踊ったところで
金は何も掛からんからな――
一人はザクセン（サス）人で、もう一人は森（ラス）[82]へだよ。

第二十八場　ユダヤ人、司祭

司祭　ほんなら、支配人さん、
明日な！

ユ人　　期限ね、分かっとるよ。

司祭　モーセ君はきっちりしている。
それだから、彼と組むんだよ。

ユ人　いざという時には、ユダヤ人は役に立たん、
なら、こうした銭に関わる事には
いつも役に立ちますよ。

司祭　どの百姓も貧乏一律。
空の籠を持っていては何（なん）にも売れん。

ユ人　儂が取る、そして払う。

司祭　　私が渡す、そして取る。

ユ人　儂のもの、貴方のもの。

司祭　　あんたのもの、私のもの。
百姓の貧しさではこっちの身が持たん。

ユ人　見てみぃ、神父様、何が起きてるか――
テーブルの所（とこ）で百姓たちが殴り合ってる！
チェピェツがマチェクの鉢に打（ぶ）っ放した。

司祭　マチェクなら頑丈な頭をしてるさ。

ユ人　あるいは、大したことはせんかったかもしれん。
あるいは、半分に割ったかもしれん。

司祭　なに、百姓たちは殴り合えばいいのさ。
したらモーセ君が彼らの中にウォッカを注ぐ。
ユダヤ人、百姓、ウォッカ、古い歴史さ。

ユ人　儂は売りますよ――店を持ってるから。
チェピェツは明日、儂に支払うことになってる。
なら今日、周りの面（つら）を殴って歩くでしょ。

司祭　百姓らで私腹を肥やしたいのかな。
二倍の儲けを貪ってるね。

ユ人　神父様は彼らで損をしたいのかな。
酒場宿をお返ししますよ。

司祭　　時間はまだある。

ユ人　時は金なり。

司祭　　借金は聖なる物、
明日が期限。

ユ人　　ユダヤ人は覚えてます。

司祭　チェピェツと話しなさい。

ユ人　　権兵衛どもは飲んでますよ。
誰があの野獣とやり合うんです？

第二十九場　ユダヤ人、司祭、チェピェツ

チピ　おらの話やな……来たっちゃ。

司祭　チェピェツさん、また何かありましたね！

チピ　彼奴(あいっちゃ)はもう洗(あろ)うた。何(なん)ともないやろ。
何(なん)も彼(かん)も消えてしもうっちゃ。治るっちゃ。

司祭　あんたには、何(なん)か待ってますよ——
この殴り合い、諍い、口争いの代償として。

チピ　おらは容赦なしに頑なながﾞ。
何(なん)でおらに犬が歯向かってくるかのぅ。

ユ人　チェピェツさん、あんた、借りがあるね。
あんた、払うべきだよ——
儂の白詰草(しろつめくさ)[83]の御代を。

チピ　　この腐れ犬め、
お前の白(すろ)詰草？　嘘吐け！　おらっ達(ちゃ)を食い物(もん)
にして、
おらっ達(ちゃ)の血を吸りやがる……銭(ぜん)を巻き上げて、
おらっ達(ちゃ)の何(なん)も彼(かん)もを鬼畜の所業で汚しやがる。

司祭　チェピェツさん、借金があるんですね。

チピ　それどころか、白(すろ)詰草は値(あたい)がなかったたっちゃ。
あの三山は、魔が勧めたが。
やる物(もん)なんかない。

司祭　（ユダヤ人に）
　　裁判に訴えなさい。

チピ　（司祭に）
見てみぃ、見てみぃ、お粗末な采配を！
ひとえにあんたのお恵みによって、
モーセ君は酒場宿でふんぞり返っとるやねけ。

司祭　それは、あんた達が払おうとしないからです。

チピ　あんたがきれいさっぱり引ん剥くからや。

ユ人　その通りだ、店賃が高すぎる！
神父様、店賃を下げては。

チピ　（ユダヤ人を指しながら）
あ、こういうのを引ん剥かんといかんから。

司祭　公定価格はどんなであれ適切です。私は徴収義

務がある。

ユ人　(チェピェツを指しながら)

司祭様にはあげられません――

自分の借金を支払うまで。

司祭　(チェピェツに)

借金を払いなさい!!

チピ　あんた達(らっちゃ)、刑吏け?!

なら誰がおらの銭(ぜん)の泥棒や――

ユダヤ人(ずん)の畜生か、神父様か!?

司祭　ウォッカでは……。

ユ人　欲しい所(とこ)から取りなされ!

チピ　この野郎!!

怒らんでくれ、司祭様。

けど、おら、えっらい熱(あつ)うなっとる――

実の兄弟の骨でさえ、こん畜生、

砕き兼ねんほどや。

第三十場　花婿、主人

花婿　なんて言い争ってるんだ、なんて罵り合ってるんだ!

主人　ふん!　気質が働いてるのさ!

気質は働くもの、勝つものさ。

彼らの傍に武器を置いてやるだけでいい。

燃えやすいこと、乾いた藁のようさ。

彼らにナイフを光らせてやるだけでいい。

それで神の名を忘れてしまう……。

四十六年[84]がそうだった……。

あれとてポーランドの百姓だったじゃないか。

花婿　なんて酷(ひど)いことだろ、なんて……。

主人　今日まであの謝肉祭に彼らは満足してる。

花婿　いろんな史話からしかそれを知らないけど、

そういう研究には気を付けてる。

だって、ポーランドの村についての俺の考えを毒するから――

あれは犬並みの奴らか何かで、
息で水を毒水にしたって。
彼らの血はシャツに浸み付いたって。
今日、百姓たちを見てるけど……。

主人　あったものは、また来るかもしれん……。

花婿　俺たちはすべてを忘れてしまった。
俺の祖父は鋸で切られてたんだよ……。
俺たちはすべてを忘れてしまった。

主人　俺の父はどこかで打(ぶ)っ刺され、
どこかで打(ぶ)ち砕かれ、何度も突き飛ばされた。
棒で、鍬で、血を流している者が
氷の中を追い立てられてた……。
俺たちはすべてを忘れてしまった。

花婿　なんて人というのは変わるもんだ。
なんてすべてが奇妙に絡まってるんだ。
俺たちはすべてを忘れてしまった――
あの苦難、惨禍、汚れを。
孔雀の羽根で着飾ってるんだぜ。

主人　えぇい、自然が俺たちを変えるのさ。
信仰、それがまだ民の中にあるんだから、
そこから何かが出てくるだろうじゃないか。
毎年毎年、コレンダ[85]で回り歩いて、
俺たちは探してるし、見つめてる――
いつか何かがここから出てくるだろうか……？
なに、自然が俺たちを変えるのさ――
穂波の上を吹いてくる大風。
どこか大地の胎ほども中にある震え……。
身に浸み込み、息に吸い込む水蒸気――
それですっかりこの穀物の中に沈むってもんだ。
土壌はお粗末かもしれんが、
道を譲る必要はないさ――
神々はこれまでもいたし、これからもいるだろうから。
まだ何らかの信仰は民の中にある。

花婿　なんてすべてが奇妙に絡まってるんだ。

主人　なんて奇妙にすべてが絡まってるんだ。

第三十一場　主人、司祭

主人　司祭様、お急ぎですか、
　お帰りですか――今すぐ馬を……。

司祭　とても気分よくここじゃ時間が過ぎていきます。
　こうして自分の土地では足が遅くなるもんです。
　あの新婚夫妻は面白い。

主人　面白いです。何もかも面白いです。
　鐙の乾杯[86]！

司祭　　鐙の乾杯！

主人　宴友（クルデシュ）よ[87]!!

司祭　　古典ポーランドのものですな……。

主人　宴友（クルデシュ）の中の宴友（クルデシュ）よ!!!

第三十二場　ハネチカ、ヤシェク

ハカ　あっ、ありがとう、ヤシェク。

ヤク　　大丈夫？

ハカ　大丈夫、大丈夫……後でまたね。

ヤク　俺、だってお嬢さんを愛おしんどるから――
　何かの神聖な絵札みたいに、
　描き卵、塗り卵[88]みたいに。

ハカ　まだもっと私、ヤシェクと踊るから。

第三十三場　カスペル、ヤシェク

カペ　ヤシェク、添い婿、聞けよ、兄弟――
　最後にお前に何て言ってやるか。
　何（なん）か当ててみぃ……。

ヤク　　分からん、何（なん）か。

カペ　あのお嬢ら、おらっ達（ちゃ）を望んどるって。
　かもすれん……おら自身そう思う。

ヤク　カスペル、添い婿、聞けよ、兄弟――
　最後にお前に何て言ってやるか。
　何（なん）か当ててみぃ……。

カペ　分からん、それで？
ヤク　ああやって彼女ら、からかっとるだけやって。
カペ　それが何やっちゅが。添い嫁らが居るねけ。
まだおらっ達は只の者でないが。
ヤク、カペ　吾らはどこかの、そこらの者なりや。[89]
……………………。[90]

第三十四場　ヤシェク

ヤク　（一番）[91]
手に入れたのさ、孔雀の羽根を。
身に付けたのさ、孔雀の羽根を。
孔雀の羽根はかっこ好い。
孔雀の羽根を盗むのさ。
領主の館を建ててやるのさ！
（二番）
手に入れるのさ、領主の館。
引っ張り出すのさ、金の袋を。
金の袋を撒き散らす——
人たち皆の目の前へ。
孔雀の羽根を買い捲るのさ！

第三十五場　花婿、市議夫人

花婿　ありきたりの者は勝手に吠えてればいいのさ。
可笑しいかな、可笑しいかな——
水の代わりに牛乳を飲みたいっていうのが。
逃げてく者を追い駆けないっていうのが。
奥方探しに何年も僕は無駄にしないのさ——
乙女一人を浚うまでに
何年も検疫期間を待ってる者たちみたいに。
市夫　私の意見はそれで変わらないわよ。
花婿　視点さ、視角さ。
この食器棚に、この戸棚にぶつかって、
暗礁にぶつかったみたいに砕けるんだよ——
最も惚れ合った二人でさえ……。

そういう者らを僕は知ってたんだ、奥様[92]。
五年も婚約してたのに……
突然、食器棚がすべてを変えてしまう。

市夫　私の意見はそれで変わらないわよ。

第三十六場　詩人、ラケル

詩人　貴女はいつか百姓に
恋をするんじゃ……。

ラケ　　貴男が占ってみたら。
百姓たちに強く惹かれるものはある。
けれど美しい男子でなきゃ駄目。
回帰ね、自然への回帰。

詩人　それを探し当てるのはそう難しくないさ――
他の者が現れることはないから。
貴女の父上がすでに訴えてたよ――
その文学的な調子のことを。

ラケ　父は何でも私に許してくれる。
それどころか勝手に私を褒め立ててる。
興味深いでしょ、どう?
搾取、取引、私と父……。

詩人　貴女の中では、父上と百姓たち、
すべてが詩に溶けてるんだ。

ラケ　ものすごくたくさんの詩を読んできたもの。

詩人　いつか書いたことは?

ラケ　　書きたいとは思わなかった。
ちょうどそういう趣味を強く持ってたの――
書かないっていう……まずい作に虫唾が走るの。
でもその代わり、目を向ける所には、
呪(まじな)いを掛けられた、生きた詩を、
この聖なる詩を見る。
そしてそれで私は幸せなの――
それが聖なるもので、私にとって生きてるって。

詩人　貴女は聖人たちと付き合いがあるんだ。
庭の薔薇たちと親しくする。
雲たちと親しくする。

で、自分の都合のために
詩人たちと親しくしたいんだ。

ラケ　まぁ、貴男って私を非難してばかりね……
この謎めいた自然のすべてが
暗いものじゃなくなったわ。

詩人　目を凝らしたところで、外は夜さ……
なら、乙女の心は欲望に燃えて、
小部屋かどこかに
独りでいたくはないんじゃ……？

ラケ　　しばらくのつもりで来たの——
このひた歌う田舎家がある所へ。
飛んできたのよ——燃える灯がある所へ……
飛んでくる蛾のように、蝶のように……。
でも家（うち）へ
大人しく立ち去るわ。
そして遠くから
貴男のことを想像してるわ。
で、もし恋に落ちれば、
手紙と鍵を貴男に送ってよこすでしょうね。

詩人　彷徨（さまよ）え、詩よ、彷徨（さまよ）え——
小部屋から小部屋へ、
薔薇の庭から
これら木々の眠る果樹園へと。
この小窓からその木々が見えるんだよ。
だから、お嬢さんが歩いていって、
その肩掛（ショール）がどれかの灌木に触れれば、
お嬢さんの恋しさと嘆きとが
切り揃えられた藁に伝わって、
灌木からは悲しみと陰とが
無意識のまま
お嬢さんに伝わって……。

ラケ　　そうね、そうね……。

詩人　それでももし添い婿に出くわせば、
心（ハート）は添い婿に嬉しくなって、
罪を犯す。

ラケ　　そうね、そうね——

詩人　庭を抜けて行くわ、果樹園を抜けて。
貴男はここの窓辺に立っていて。
喜んで目にするよ――
闇の果樹園を道に迷っていく貴女を。
一見恋する、迷子の貴女を。
半分処女の、半分天使の貴女を。
藁ぼっちの上に身を屈める貴女を。
まるでバーン＝ジョーンズ[93]の絵のような……。
僕は温もりの中に立っていながら。

ラケ　そうよ、私を心配しなくてもいいの。
もし薔薇の香りを持つ者ならば、
どんなひどい冷え込みにも風邪を引かない。
その者は穀物の藁に包(くる)まれて、
でも春には解(ほど)かれて、
自ら咲き返す。

詩人　崇高だね……。
おや、貴女、少し剥(む)れてる？……

ラケ　見て、貴男、藁でできた藁ぼっちへと
巻かれた庭の薔薇を。
この藁の人形(ひとがた)に
私は私の詩を訴えてやる。
告白するの――どんな異端を
たくさん聞いてきたのか。
どうやって罵られ、咬まれ始めたのか――
恋をしながら来た私が！……
藁ぼっちを誘って、来るように言うの――
部屋へ、婚宴へ、ここへ……。
あなた達、彼のことは信じるかもしれない――
ラヘラ[94]の言っていることは本当だって。

詩人　貴女は名前をラヘラって……。

ラケ　それが事を変える？

詩人　おぉ、赤くなってるね。
僕は貴女の名前に嬉しくなってるんだよ……
貴女が望むような客人を呼び集めなよ……
貴女の名前はそれほど叙情的だ……。

ラケ　本当ね、素敵よね……。

じゃ、今から愛たちに
聞いてくれるようにお願いするわ……
あなた達のための詩性が欲しい、
そしてそれを煽りたい。
あなた達、ここ、婚宴に招いてください——
すべての不思議を、花を、灌木を、
雷を、鳴りものを、歌を……。

詩人　そして藁ぼっちも！

ラケ　もう信じているの?!
もうこれが貴男の心を占めてしまったわ——
藁が、萎れた薔薇が、夜が、
この超自然の力が。

詩人　大スケールの
婚礼の宴（えん）になるかもしれない！

ラケ　お！　今は貴男を褒めてあげる。
アデュー[95]……このたった一度の一瞬……
貴男は私の心を占めた。貴男は今、詩人よ。

詩人　乙女は肩掛（ショール）に身を包む……

つまり、もうアデュー?!

ラケ　私、大スケールにまでは成長してないの。
遊んでるのよ——
ただ時間潰し（プール・パセ・ル・タン）に。[96]

第三十七場　詩人、花嫁

詩人　花嫁さん、思うんだけど、
君が望むことは実現するでしょ——
愛が顔に燃えているんだし。

花嫁　どうやって——おらは何（なん）もできんよ。
おらの掛け声みたいなもんで？

詩人　君の頼みと命令でさ。
というのは、君は今日花嫁だから——
ジャスミンのような、苔桃のような……。

花嫁　それで何（なん）の話（はなす）ながけ——
旦那さんがそんだ程もおらから
期待しとるって。

詩人　今日、君は幸せ者だね、
花嫁さん……客人を招待しなよ――
邪鬼どもがどこかで痛め付けてる者たちを……
窮地にいる者たちを……
困苦、**地獄**が苛んでる者たちを。
その霊が恐怖に苦しんでいて、
解放とあれば跳び付いてくる者たちを。

花嫁　それで何のためにそんな**地獄**の霊どもを？

詩人　立ち聞きに来ればいいのさ――
婚宴に、そこでは音楽が……。

花嫁　それは旦那さん、頭痛の種をくれたもんや。
どこにそんだ程も人が入るがいっちゃ？

詩人　音楽がしばし彼らを撫でるのさ。
そうした霊はしばし足を止めて、
その後は煙みたいに消えるさ。

花嫁　旦那さん、何（なん）やら訳の分からん珍紛漢（ちんぷんかん）を話しとる。
他の者（もん）らなら分かるかもしれん――
何のことか……まあ、おらの夫なら。

第三十八場　詩人、花嫁、花婿

詩人　おぉ！　花婿だ！……おい、花婿！
聞いてくれ。君は詩人じゃないか。
そして君は今日、**宴**を催してる！

花婿　俺は幸せさ、世界中をこの宿に
呼び集めたいくらいだ。
それほど嬉しい、それほど嬉しい。

詩人　あの藁ぼっちを招待しろよ。
あそこ、窓の向こうで果樹園に隠れたんだ。

花婿　ハハハ……ハハハ、
来い、藁ぼっち、
婚宴に！
俺、花婿がお前を招待する――
今すぐ宴に
この宿へ！

花嫁　飲むにも食うにも充分ある！
おらっ達(ちゃ)と好きなだけ揶揄(からか)えばいい！
花婿　俺たちだけじゃ、あまりに多すぎる！
　来い、藁ぼっち、
　婚宴に！
花嫁　来(こ)っしゃい、来(こ)っしゃい、つもりがあるなら！
詩人　ハハハ……。
花嫁　　ハハハ！
真夜中の時計が鳴り始めたら、
おらっ達(ちゃ)の所(とこ)へ、ここ、部屋に来(こ)っしゃい。

花婿　ハハハ！
詩人　　ハハハ……。
花嫁　彼奴(あいっちゃ)もおらっ達(ちゃ)の言うこと聞くがいろか――
だって聾(つんぼ)の畜生やねけ。
花婿　他にもお前の好きな者を連れて来い！
俺たちと楽しめ、
宴を楽しめ！
花嫁　楽しめ、楽しめ！
花婿　　ハハハ、
あいつも俺たちの言うこと聞くのかな？

第二幕

（ろうそくは消されている。テーブルの上には小型の台所用ランプ）

第一場　主婦、イシャ

主婦　子供らを寝るがに着替えさせんと。もう夜中の零時やちゃ。

イシ　演奏しとるうちは、あたし、眠たないが。あの子らは眠っとるんやし、そのまま寝かすとけばいいが。

主婦　すぐこっちにおいで。
おっ母、

イシ　あと一巡だけでいいから。暖炉からあの人らを良う見るが。

主婦　明日、起きれんがになるよ。床からは追い出さにゃならんし、床へは追い立てにゃならんし。

イシ　嫌やもん、あたし行かんよ、おっ母。もうずき着帽式やもん。[97] 着帽式は見にゃならんっちゃ。おっ母はん、おっ母ってばぁ、今日だけ、今日だけ。

主婦　目が閉ずかかっとるねけ。お目目が塞がっとるねけ。

イシ　あたし、大きかったら良かったがに——着帽式を着けてもろうくらいに。添い嫁らに仕えてもろうくらいに。

主婦　んじゃ、そっつのランプ、ここに持ってきて。この子の揺り籠、ちょっこし揺らして。いい子なのを見せとくれ。ほすたら、輪ん所に行っていいけに。

第二場　主婦、イシャ、クリミナ

クナ　（隣の部屋で）

もう着帽式(すき)やよ、もう着帽式(すき)やよ。

あっち行かっしゃい、すぐ行かっしゃい。

人妻誰すも務めやっちゃ。

（両婦人は小さな獣脂蝋燭を灯し、燃える蝋燭を手に婚宴へ向かう。そこでは着帽式が行なわれつつある。彼女らが去った後しばらく、イシャは独りでランプの灯を大きくしたり小さくしたりしながら遊び、光を見つめている。部屋の時計が午前零時を打つ）

第三場　イシャ、藁ぼっち

藁ぼ　（一番）[98]
誰が呼んだか、
望みは何か……。
抜け出てきたぞ、
着るものあったぞ。
おいらは、おいらは
　婚宴へ。
たくさんお客が
　やって来るだろ——
大風吹きさえすりゃいいんだと。
（二番）
誰の心で何が鳴るのか、
誰が夢で何を見るのか。
罪であれ、
お笑いであれ、
不器用(ぶきっちょ)であれ、旦那であれ、
婚宴へは踊りに来るだろ。

イシ　わ、わ、わ……わ、わ、わ、
何(なん)やちゃ、この芥(ごみ)は?!

藁ぼ　お父(とと)に知らせろ——
ここにお客があるだろうって。

　　望んだ通りに、望んだ通りに。
イシ　なら、お前の方は消えてちょうだい、
　　芥(ごみ)みたいな奴、藁ぼっちめ、
　　そら行け、お外へ！
藁ぼ　お父(とと)に知らせろ……。
イシ　そら行け、お外へ、
　　バカ芥(ごみ)、藁ぼっちめ！
藁ぼ　おっ母(かか)の耳に囁け……。
イシ　出てけ、コンチキショー！
藁ぼ　誰が呼んだか、
　　望みは何か……。
イシ　えーと、藁のウスノロめ、
　　出てけ、コンチキショー！
藁ぼ　着てきたぞ、着るものあったぞ。
　　お前のお父(とと)が手ずからおいらに着せてくれた。
　　だって、秋の大風が吹いたとき、
　　心配したから、心配したから――
　　薔薇の木が、おいらがまたも枯れてしまうかと。
　　うん、そうだ、うん、そうだ。
　　でなきゃおいら一人で、どこからこれを持って
　　　くるのか……。
イシ　あっち行け、あっち行け、お外へ！
　　そら行け、やれって、藁ぼっちめ！
藁ぼ　誰が呼んだか、
　　望みは何か。
　　……………。[99]

第四場　マリシャ、ヴォイテク

マシ　こっつで休まっしゃい、ヴォイテク。
　　おらも踊り疲れたから。
ヴク　あんにゃよ、おらの心、奥、おらの魂よぉ、
　　おら、すごくお前に悪くて……。
　　音楽の所(とこ)へ行ってこっしゃい。
　　騒いでこいよ……。
マシ　またあんなんなるがは嫌やけに――

あんたの横に終(すま)いまで
立っとれんなんて。

ヴク 急に目が回ってしもうて——
まるでこれがお前の婚宴みたいで。
（口ずさむ）
「けれどおらっ達(ちゃ)のでない、マリシャよ、
けれどおらっ達(ちゃ)のでない……」100

マシ 彼所(あこ)に行って、子供らの横に坐らっしゃい。
ちょっと眠りな。痛いのをやり過ごせる。

ヴク 音楽の中へ入っただけで、
目が暗んでしもうて、
ほいで、こう、おらっ達(ちゃ)の周りを影がいくつも
ずって行くのが見えたがいっちゃ……。

マシ 黒い物影が壁を動くがは
光のせいや……あ、ほら見っしゃい。
そこら中(ずう)の物(もん)の上を駆け回っとるんが見えるや
ろ……？

ヴク （口ずさむ）

「馬どもを見張っとらっしゃい、作男よ。
旦那がお前の娘っ子に駆け付ける……」101
口を付けてくれ、奥さん。

マシ なぜか悲しませようとしてる……？

ヴク マリシャ！

（両人が奥の脇部屋へ行くとき、マリシャはテーブルからランプを持ち去る。部屋は暗いまま残され……ただ脇部屋だけが照らされる。そして婚宴の扉からは光の帯。）

第五場　マリシャ、幽霊

幽霊 お前と夫婦になるはずだったな、
俺の結婚相手さん。

マシ あたしの許婚だったときがあったよね。
誓ってくれてたよね。

幽霊 俺にとってお前は金色の太陽だった。
俺の小さな家は寒くてな。

マシ　お前様（まいさ）から何（なん）やら凍みが吹きつける。
服が冷たいものを吹き掛ける。

幽霊　火で、熱で顔が燃えてるね。
逆に血はお前の中で沸いている。

マシ　あんたと夫婦になるはずやったし、
あたしの結婚相手はあんたやった。
マリシャ、マリシャ、許嫁よ、

幽霊　俺の眠りは長いんだ。

マシ　あんた、どこに住んどるが？　あんた、どこに居（お）るが？
あんたは余所（よそ）の町へあちこち行って、
あたしは長いこと、長いこと待っとった。
そんで待ち切れなんだ。
どこに居（お）るが？　どこに居（お）るがけ？
どこに住んどるの、どこに？

幽霊　俺はいろんな町へと駆け続けてた。
大浮かれ者、風来坊さ。
結局どっかで土の中に落っこっちまって、
そこで俺を虫どもが喰っているのさ。

マシ　あぁ、何（なん）ちゅうこと、何（なん）ちゅうこと。
そすたら、あんたをもう虫（むす）どもが喰っとるがけ。

幽霊　タトラ山地のこだまに誘き寄せられてな。
俺はここにいる、俺はここにいる。
田舎家の声たちに誘き寄せられてな。
昔年の自分を思い出させようと
行動を思い付いたのさ。
俺の小さな家は、どうやら墓らしいが、
俺は多くを求めないし、
一度ならず試練を経てきた。
だけど俺が屍だなんて
信じるなよ、マリシャ。それは嘘だから。
霊は生きてる、**霊**は生きてる。
俺は思い切り耳を澄ましたんだよ。
田舎家の声たちに誘き寄せられたんだよ。

マシ　あんたの墓はどこなが？　あんたの墓はどこなが？

どこやら余っぽど遠いらしいし、
届かんよね、伝わらんよね……。
（彼女は片手で目を覆うが、彼は素早く彼女の掌を引き剥がす）

幽霊　涙は俺を燃やすんだよ。涙は俺を焼くんだよ。
俺の墓なんぞクソ喰らえだ。
俺はここにいる、お前のものだ。
まだ覚えているかい？——
梨の木陰が俺たちに影を投げていた日を。
ここ、この果樹園で、緑を背に、
昼の最中、光線のただ中、
俺の傍にお前は立ってた。手に手を取ってたから……。

マシ　昔、昔、何年も。

幽霊　頭を俺に寄せなよ、寄せな。

マシ　彼所（あこ）であたし等、手に手を取って立ってて……
あんたの方の仲人が来た。

幽霊　昔、昔、何年も。

マシ　こんだ程の婚宴をするはずやったがに——
今日のみたいな、今日みたいに。

幽霊　一踊りしよう、一つ周って。
その後には、また俺は行かねばならない。

マシ　ここにはあんたの友達が居（お）るちゃ。
しばらく残らっしゃい。

幽霊　一つ周って……。
——。[102]
この後には、もう俺は行かねばならない。
俺を強いる声がある。俺を強いる声がある。

マシ　ほんなら今日があたし等の婚宴やね。
一つ周って、一つ周って。

幽霊　こんなにも悲しみが額から出ている……。

マシ　こんなにも冷たいものが口から吹いてくる……。

幽霊　抱き締めてくれ、お前のスカーフに。
抱き締めてくれ、お前の胸に、手に……。

マシ　あたしのリボンに掴まらないで。
こんなに屍みたいな風が吹いてくる。

幽霊　愛してくれ……！

マシ　　離れてよ、顔に触れないで。

幽霊　身構えるなよ……何でもないさ、何でも……。

マシ　墓穴の冷たいものを衣装が吹きつけてる。あんたはあたしの人じゃない！　あんたはあたしの人じゃない！

幽霊　俺を強いる声がある。俺を強いる声がある。一つ周って……。

マシ　　止まって、あぁ、止まって！

第六場　マリシャ、ヴォイテク

ヴク　マリシャ……お前、何(なん)や青い顔しとるぜ……？

マシ　これは、そういう光が顔に当たっとるんや……。

ヴク　　体じゅうが震えとる。

マシ　戸を透かしたら、そこから乾風みたいのが吹いてきて……何(なん)でもないよ……。

ヴク　そう言えば、また顔に赤みが出てきたな……。

マシ　　あんたが見つめとるから。あたしをきつく抱き締(す)めて、ヴォイテク。あんたがいい、あんたがいい。

ヴク　（口ずさむ）「強いられて、マリシャよ、来(こ)っしゃい――一畝のおらの畑へ[103]」

第七場　スタンチク、記者

スチ　（歩きながら）儂の後をのべつ誰かが彷徨(さまよ)っておる。[104]

記者　俺の前をずっと誰かが闊歩している。

スチ　（すでに腰を下ろして）[105]小さなお家(うち)、けちな田舎家――ポーランド、仲間、自身の涙、自身の怯え、大罪、夢、自身の汚点、卑しさ、嘘。
知っておる。知りすぎるほど知っておる。

記者　何者だ？……

スチ　　道化師じゃ。

記者　（気付いて）
　　　　偉大な人士！

スチ　偉大、それは道化の衣を着ておるから。
偉大、それはそなた等の視界から失(う)せたから。
そなた等、道化師がますます増えておるのう。
ほとんど道化の集会じゃ。
御機嫌(サルウェー)よう[106]、兄弟！
　　師父よ、御機嫌(サルウェー)よう！

記者　いい道化師の隊列は疎らになりました。
私たちは灰色を帯びてます。
国民的なコンセプトが消えようとしてるんです。
衛兵(ハイドゥク)[107]たちの手に括られて
赤々と燃える松明が
だんだん消えようとしてるんです。

蝋燭は垂れ落ちて燃え尽きたのに、
手に縛られてるもんだから、
手がまだ火に焼かれている——
呪(まじな)いに掛かったまま同じ方を向いて……。
国民の任務遂行には
道化師部隊の全軍が必要なんです。
衛兵(ハイドゥク)たちは苦しみながら焼かれていて、
自身の痛みを笑ってる。
国民の蝋燭が消えようとしてるんです。
大変なことが起きてるんです。
笑いと揶揄とでいくらかでも流れを
目覚まし、鼓舞し得る心が
卑しくなって、自由を失(な)くしている。
それが私たちの血に下味を付けている。

スチ　だから眠っておる方がいいと——。

記者　　同じことさ！
憐れな我が魂を眠らせる。
それで我が兄弟を眠らせる。

結局同じさ、結局同じさ。
いいことの分だけ、悪いことがある。
大変なことが起きてるんです。
事々の経緯を見ればいい。
それは夢から遠く、遠く離れていて、
国で大きかったすべてのものから
こんなに隔たっている。
昔のすべてが消えてしまって、
闇に色褪せ、もう戻ってこないってことだ。
それが**五月三日**のおとぎ話[108]さ！
母親を棺に納めて、
姉妹を、家族みんなをも然り。
司祭が水を振り掛けて聖別し、
墓堀たちが瓦礫をどさりと被せた。
残った追随者たちは、
呪いを発する賑やかさで
お斎（とき）[109]を楽しんでいった。
大酒で魂を殺したけれど、
心を殺せはしなかった。
残った心は叫んでる——
教会の門前で泣き腫らしながら、
神殿の山門で血を流しながら。
そして、いまだに惨い苦しみの中で、
惜しみない優しい憐れみをもって、
自分で自分を責め続けてる。

スチ

お主は告解でもしておるようじゃ。
それも他人の罪の告解と見える。
お主は涙を溢れさせ、
魂に血を流し、心に血を流しておる。
じゃが、お主の言から知れるのは、
お主が……そうじゃの……人並みに健全だということじゃ。
明日には気分も治ろうて。
儂のために感慨無量の涙を流せる。
他人の罪を切に感じられる。
近しき者に丸太を、[110]

大罪を、汚点を、過ちを、瑕を見てとれる。
そして自分の近しき者に代わって
公然の告解をするのを躊躇(ためら)わない……。
かっ！　まったくじゃ！　笑いごとじゃよ……
この上は、他人の大罪の赦しでも
司祭から貰えばよいかな……？

記者

父親の科は息子へと行く。
さもしい者らの息子はさもしい。
こいつが呪う、あいつが呪う……。
一族は覚えてる、兄弟は覚えてる――
誰がこの枷を嵌めたかを。
そしてその呪われた手が
自分の手であったことを。[111]
……魂と体、体と魂の終わりなき分裂さ。
そんな状態じゃ弱い者らは崩れてく……。
戦うための剣は諸刃で……俺たちは弱い。
……大きなものは圧(お)し潰してきて、
背に呪いを乗せている。

大罪を、黒い喪服を、
デイアネイラの血の衣[112]を纏っているんだ。
大きなものは、すなわち**大罪**。**小さなもの**は、
　すなわち卑しい。
俺たちの**意志**は今日どんなだ?!
魔法使いの掌が俺たちの平原を
囲っちまった。

スチ

　滾々たる涙じゃな！
自分のでないことを、それほど嘆くか!?
墓に寝ておる者たちの
憂いがお前の何だというんじゃ？
屍どもが衣装を替えて
新しい服を着てくるんだと……そう思っておる
　のか?!
だからお前は屍どもを携えて
苦難の宴に出掛けていって、
いつやら誰かを毒していただけのものを
料理よろしく噛み締めるんだと?!

どこかで誰かを腐らせていただけのものを
身に浸ませて飲むんだと?!
それがお前の血であるべきだと?!

記者　俺の血は、俺の血は……
分からないが……鴎の叫びさ——
岩々を超えて高く翔(かけ)るときの。
悲嘆にくれた、
哀しげな、凄まじい鴎の叫びさ——
岸から遠く離れたときの。
海は静かで、円天井は曇っているけど、
嵐やハリケーンはまだ遠い。
あるのは、計り知れない静けさと虚空だけ……。
そしてここで、飛ぶために揺らめく翼が
戻ることを望まない、望まないんだ。
しかも知ってるんだ——向かう先に
展望を探しても無駄なんだと。
自らの呪いに忠実に
飛んでいく……。しかも停まる勇気はない——
疲れのあまり血がドッと口に噴き出すまで……。
そのときには、落ちるだろうさ——
一粒たりとも別れの涙を零すことなく。
なぜなら死は安堵、安堵は永眠なんだから。

スチ　大鴉(おおがらす)の調子を歌ったもんじゃな。
お前には、静寂(しじま)の中を
葬式の呻きの鐘だけが鳴っておるのか?
——[113]。
いつか聞いたことがあるじゃろ——鐘塔から
彼(あれ)が響いて歌うさまを。

記者　ズィグムント、ズィグムント……[114]。

スチ　　王の鐘じゃ……。
儂は王の足元に座っておった。
儂の後ろに王の宮廷が居(お)った——
若君と幾人かの娘君が、
イタリア婦人が[115]……。聖職者の大合唱団は
哀しげに賛歌を歌っておった。
鐘は上っていった。

皆が上を見つめていて、
鐘は上っていった……。
天辺に吊るされると、
高みから響きを上げた。
その声は飛んでいき、飛び渡り、
上の方まで揺らいでいった――
高々と、雲居まで……。
大群衆は拝礼した。
王を見やると、
王は顔を赤らめた……。
鐘が鳴っておった。
――――――。

記者 彼(あれ)は今日も打ってくれてるさ――
俺たちの大切な人を葬るときに。[116]
教会の騒(ざわ)つきを聞きに行けと命じ、
理性の大きく混乱する中、
祈りの大きく呻吟する中、
俺たちを呼び集める。

彼(あれ)は主(あるじ)、あの鐘は王の鐘、
鳴るのを止(や)めず、
裂けた心を持つ者。つまり俺たちの調子だ。
……俺は地割れの上に立っていて、
俺の道がどこにあるか知らないんだ。

スチ 仮に儂の心を割いたところで、
そこにお前は、こういう憂い以外の何も
見つけやせんじゃろう――すなわち、
恥辱、恥辱、赤っ恥、
焼けるような赤っ恥。
宿命とやらが儂らを追い落とすんじゃよ――
地割れの中へ。

記者 お前は怪士(あやかし)か！

スチ 儂は赤恥じゃ!!
ダンテよりひどい地獄を知っておる[117]――
生きた地獄を。

記者 俺は地獄に生きている！

スチ 皆(みな)で地割れへ落ちるんじゃ！

記者　それが皆（みな）の社会ってわけだ！
それこそ何よりきつい拷問だ、
お笑いだ、道化芝居だ……。
それは俺たち、極貧の心たちだ……。
「皆（みな）で」なんて色絵でね。
「皆（みな）で」すなわち旦那様の高慢ちき。
「皆（みな）で」すなわち百姓たちの「打（ぶ）ん殴る」。
「皆（みな）で」すなわち鸚鵡（おうむ）みたいな色女、
虚飾、常人離れ……。
加えて、小っさな者、
裂かれて血を流す心でもある。

スチ　お主の申し様は……
最も勇ましい口巧者たちのようじゃ。
儂の頃からの同じ幹に生えた
若枝のようじゃ。

記者　俺は幾ばくもない余命の方が
もう百倍もいい――
こうして走って、走って、駆けて、追って、
地割れへ、奈落へ、渦巻きへ向かうよりかは！
あぁ、終わりが、あぁ、この飛翔に終わりがあれば！
心の戦いが繰り広げられていて、
俺はますます石の上へ落ちていく。
祈りが口で死んでいく。
あぁ、終わりが、あぁ、この飛翔に終わりがあれば！……
一度すべてが焼けてしまえば、
一掃されれば、灰燼に帰せばいいんだ。
多くの円柱みたいに、崩れて瓦礫となればいいんだ。
弔いのお斎（とき）で俺たちは
毒に当たって倒れればいいんだ。
一度すべてが焼けてしまえばいいんだ――
ポーランドの聖人たちに捧げる
この我らがポーランドらしい魂の断食[118]も、
空白に懸けられた愛情が成す

この我らが虹色の橋も、
冠を着けたチェンストホヴァの真似絵[119]も……
そしてすべての**信仰**も！……
不幸を俺は呼ぶ!!

スチ　森梟よ[120]……。

記者　もしかしたら**不幸**がようやく俺たちの胸から
叫びを引き出してくれるかもしれない。
それこそ俺たちのものに違いない叫びを。
この世代の叫びを……。
あぁ、**良心**が、**良心**があれば！
俺たち向けのそうした真実が
もう無数にあった……。**真実**か**瑣事**か⁇
俺たちはポーランドの国境に立っていながら、
そこにいることを蔑ろにして、
素養に頼った遊び事に手を染めている。

スチ　森梟よ！
緑の卓子で負けが込んだのか、
それとも、激高した女たちに

吐き気で魂を縛り上げたのか、
それでこの束の間の熱に浮かされ、
盲滅法、自ら朽ち木になろうと突っ走るんじゃ
　ろう。
じゃが、そこに強風が吹けば、
火の消えた朽ち木は飛び散ろうし、
奈落の穴は塞がれようし、
叫びや呻きは、それに呼び声も、
お前には魂の道化に思えよう。
誰の悔恨も呼び起こさぬ道化、
自分で自分を喰って終わる道化、
しかもその腸が腐っておって鼻を突く……。
儂はの、どういうことか知っておる——
心に刺さった釘で心を揺す振ることが、
自分の体を鞭で打つことが。
大罪に唾し、悪意を罵り、
しかし**聖なるもの**をば汚さないということが。
というのも、それは神聖でなきゃいかんのだか

ら。
しかし**聖なるもの**を汚(けが)さないということは、

記者　すなわち痛いことなんじゃ。

悲劇役者(トラゲディアンテ)だ……。

　喜劇役者(コメディアンテ)[121]よ。

スチ　お前のための道化の杖[122]じゃ。

記者　そいつの守(も)りをしてるのか、老いぼれの守(も)り役め。

お前が知っているのは、以前の状態(スタトゥス・クゥオー・アンテ)[123]だけだ。

道化がお前と癒着してしまってる。

スチ　ほれ、取れ、お前の櫂じゃ。
大水の淵に迷うお前には
ポーランドの伝令神の杖(カドゥケウス)[124]がここにある。
掻き乱せ、これで水を掻き乱せ。

記者　運命は俺たちを錯乱へと導くもの——
分かれ道には邪悪な**霊**がいるからな！
ここが俺の分かれ道だ。
お前は俺の**悪霊**……魔神、**魔王**(サタン)だ。

道化をもって俺はお前と兄弟になり、
魂をもって俺はお前と縁組みされてた——
魂が屍となる前は……。
が、今じゃ俺は墓の臭いがするし、
癩病になった気がする。

スチ　　ほれ。仕切れ！

ポーランドの伝令神の杖(カドゥケウス)がここにある。

掻き乱せ、これで水を掻き乱せ。


記者　これ以上どんな試練も欲しくない。

若い心を以前は持ってた。

お前は俺の若い心を攫ったんだ。

血の中に苦い味の毒を注いだんだ。

見えない、道が見えない。

神が暗闇に消えてしまった……。

スチ　**宿命**は追い立てるもの、追い立てるのが**宿命**じゃ……。
大きなもの……**虚無**……空しい鐘、
沈んだ心……。

道化師の調子を打ったもんじゃ――
つまり儂の調べをな。
心に嘘を吐け！　誰も理解せん！
群衆の中を跳ね回れ！
伝令神（カドゥケウス）の杖がここにある、掴め！
仕切れ！
掻き乱せ、これで水を掻き乱せ！
婚宴へ！　**婚宴**へ！
行け！
この国民の桶を濁らせろ！
心を毒せよ！　頭を失（な）くせ！
婚宴へ！　**婚宴**へ！
先頭に立て!!!

第八場　記者、詩人

記者　澱みから人は引き上げられるかもしれない。
熱や飢えは過ぎ去るかもしれない。

まあ、片輪の俺さ、まあ、俺は片輪さ。
毎日、地獄のような苦業だ。
青春よ！[125]　この窮屈さから俺を救い出してくれ。
菌と黴とが俺を巻き取っている。
あぁ、**青春**よ！　お前はなんて遠いんだ。
あれはまだ昨日、つい昨日のことなのに……。

詩人　何をそんなに嘆いてる、熱くなってるんだ？
何かの奇跡が君を変えたのか？

記者　ここで俺の周りを影が通り過ぎた――
苦さでいっぱいの、大男の影が。
そして俺に魔性の杖を残していった。

詩人　瞑想が教えてくれるってのは、否定しないさ。
だけど、何をそう心に嘆いてるんだい？

記者　うぅ、俺はひどい虐げの中にいる。
魂の拷問の後で引き摺られ、
慣習の桎梏で牢に繋がれている。
これが地位への常道だからさ。
が、俺は軽蔑する、軽蔑する、唾するぞ――

こうしたすべてに、真っ正直な心から……。
しかも首輪を引き切れないから、
嫌悪はどんどん募っていくし、
聞こえるものが何もかも俺を苛立たせる。
友情は笑劇、憐れみとは嘘。
なのに、友情について人が喋ってるのが聞こえる。
愛は笑劇……。
半ば囁くような愛の声が周りで聞こえる。
偽り即ち正直、なのに、ここで客たちを目にするし、
聞こえるのは、自分の、ポーランドの、我らの音楽。
しかも壁には、重ねた刀、
絵の数々、国民的な場面々々。[126]
これが俺を苛立たせ、苦しめ、そして痛みを起こす。
いったい俺たちは、何かの権利を持ってるのか?!!
いったい俺たちは、生きる権利のようなものを持ってるのか……？
俺たちは囚われの蝶や蟋蟀（きりぎりす）だよ。
俺たちを治療する毒薬で
膨れ、肥え始めているんだよ。
そして、この俺たちの片輪な境遇を目にして、
屍みたいに腐り始めているんだよ……。

詩人　嘆き散らしたな。音楽が鳴っている。
なら、幻覚たちの輪が閉じて、
神経に効くさ。

記者　神経に!?

効くのは、この神経にだ——
魂を枷に繋いで放さない、この網の目にな。
だから、こうも引っ切りなしに奏（ひ）かれると、
魂が俺から出て、
俺の周りで光ってるような気がしたさ。

詩人　気がしてた……そうやって自分で言ってる——

記者　錯覚が一つ増えたって。
詩よ！……お前は安らかな午睡(シエスタ)さ。
俺を眠らせ、麻酔に掛け、奴隷の身にしようとする——
これ以上熱く言葉を発せぬようにと。
お前自身が火の中だろ……。仮面だろ、
やれやれ、隠すな……装うな、
その上っ面の安らかさは……嘘だろ。
うぅ！　この音楽、まるで蜜蜂の
巣箱の響きみたいに鳴りやがる……。
俺たちは、まるで雀蜂だな。
あるときは、この大きな国民的陽気が
俺の喉に飛び掛ってくるし、
あるときは、ざわつき、騒々しさ、目まぐるしさで
俺の頭が広げられるどころか、
俺の嫌いな痛みまであるんだからな。

詩人　手を出せ。

記者　えぃ、ほっとけ……。
戸外(そと)に出る……。野畑から風が吹いてれば……。

詩人　空気が、空気が！……
掌(て)をよこせ……。

記者　ほっといてくれ！

第九場　詩人、騎士[127]

詩人　淵が開いた！
死女が自分の分を催促してるんだ。
ざわつき、騒々しく、目まぐるしく、
俺たちの方へ戻ってくる。
暴力か何かが墓の門扉を抜け出したぞ。
これだ、聞こえる、呼んでる。

騎士　掌(て)をよこせ!!

詩人　放せ！

騎士　わが者よ！

詩人　放せ！

騎士　　わが者よ‼

詩人　鉄に巻かれた手。
鉄に覆われた顳顬（こめかみ）。

騎士　支度せよ、翼持つ鳥よ、
貧弱者よ、騎乗、騎乗、騎乗！
呪いが、苦しみが消えてしまおうぞ！

詩人　何を言ってる、不気味な幻影（かげ）め、
騎乗？……どこで？……どうやって？
お前の鉄の顎が鳴ってるぞ。
鉄の手が俺を囚（とら）えているぞ。

騎士　騎乗！　目を覚ませ、書生っぽよ、
汝（なれ）は鳥らしく飛べばよい！
輪縄に捕ってやる。

詩人　　投げ縄に俺を結びやがる！

騎士　吾が重く圧（の）し掛かるとき、汝（なれ）は吾が誰かを知ろう……。
わが虜囚よ、吾に仕えよ！
吾は暴力（ちから）ずくで捕る！　**吾**は**力**ぞ！
わが後、わが前は
火の粉よ！
吾が駆ける道沿いは、
木々が蝋燭のごとく燃え、
稲妻が飛び交い、
吾が飛べば、**霊**が言う——
澄ませ、耳を澄ませ！

詩人　放せ、**夜**の中に消えろ……。
うっ、手が、手がしびれる……。

騎士　わが者よ！

詩人　　失（う）せろ……。

騎士　　　雷鳴（いかづち）を聞け……。

詩人　家じゅうが揺れた……。

騎士　汝（なれ）は知っているか——汝（なれ）が何であればよいか、
何を夢想すべきか、夢に見るべきか？

詩人　夢、夢想、幻、怪士（あやかし）。

騎士　明日に日あり！　日の前に夜明けあり！
知っているか——汝（なれ）が何であり得たか？

詩人　**言**（ことば）、追い掛ける**幽霊**！

騎士　　予告者ぞ!!

詩人　声は俺の夢想の守り（も）役みたいだ。

騎士、**幽霊**、妄想が

生きた衣を纏ったんだ。

騎士　血に、血に吾は渇く！　血の収穫よ！

吾は家へと帰る――幸運の夜に、

陰々と風の咽び（むせ）泣く夜に。

吾は貢ぎを運ぶ。武の貢ぎを。

詩人　お前は家へと帰る――夢から、遠くから……。

遠くから、はるか彼（あ）の世から、灰塵から……。

騎士　吾は燃える火をくぐり抜け、

地下牢の穴倉をくぐり抜けた。

吾は追う、駆る、力を徒（いたずら）に用ずる。

吾は貢ぎを運ぶ。武の貢ぎを。

詩人　陰々と風の咽び（むせ）泣く夜に

お前は立ち上がる――地下牢から、灰塵から、

岩場から……。

騎士　わが声に汝（なれ）は震えよう――

グルンヴァルト、剣、ヤギェウォ王[128]！

かの地では甲冑を次々に切っていった。

風は唸って響いて、吹きつけていた。

屍の山、死体の山。

血は川となって流れている――川となって！

あそこなるぞ！！　巨人らの事績よ。

ヴィトウト、ザヴィシャ、ヤギェウォ[129]、

あそこなるぞ!!　……戦場（いくさば）の

鎧兜が瀝土（れきど）の中で光り、

槍先、折れた矢、

死体に刺さった長柄、

屍の堰、屍の土手、

調えられた騎士の山――

人身御供よ……。

あそこへ飛べ……あそこへ、行け、あそこへ飛べ!!!

あの武器庫から甲冑を、

馬上槍を、剣を、盾を取るがよい。
そしてあそこで血のただ中に立つがよい――
ついには大音声に
夜明けが蒼白さで覆われるまで、
死体らが立ち上がるまで、
甲冑が土から出て
馬上槍を掴み、歩いてゆくまで!!!
急げ、あそこには死体の山が横たわる。
吾は棺の蓋を打ち破った。
吾の立ち上がる時ぞ、吾の立ち上がる時ぞ。

詩人　涙が俺を焼く、涙が俺を焼く。
俺はそこで何であればいいというのか。

騎士　吾は貢ぎを運ぶ。武の狂気を。

詩人　お前の息は冷たい。墓場の息だ……。

騎士　顔を見よ、わが顔を見よ。
魂の誓いを立てよ。汝（なれ）は魂をよこす。

詩人　瞼甲の奥は、空洞、灰塵だ。
お前の目の中は、黒い地下牢。

騎士　瞼甲の奥は、夜。
甲冑が鈍い呻きを上げたぞ。
剣、剣、恐れ知らずの腕力ぞ。
顔を見よ、顔を見よ。
汝（なれ）は吾を知っている。

詩人　　お前は誰だ?

騎士　　　力ぞ。

詩人　……瞼甲を上げろ!

騎士　手をよこせ。

詩人　　魂を取れ。

騎士　見よ!!

詩人　　死か…………夜だ!

第十場　詩人、花婿

詩人　猛威、不滅の猛威、
不敗の力だ!!

花婿　何の話だ?

詩人　能無しだったよ、俺は……。
作品なんて無意味な徒労……
何の価値もない霞だよ。
今は俺の周りで一挙に火が点いて、
燃えている……。そして胸も燃えている。
どこか上の方で、岩々が倒れて
ガラガラと奈落へ崩れていくのが
聞こえる気がする。

花婿　十四行詩(ソネット)を書くのか、それとも八行詩を？

詩人　いや……別の遊びを考えてる。
投げ縄を首に感じたんだ……。
ポーランドってのは大きな事だぜ。
卑しさをポイと捨て去る。
聖なる案件を理念、紋章として
盾の上に書き出す。
そして鷲の翼を取り付ける。
有翼重騎兵(フサリア)[130]の有翼の帯を
着けるんだ。
と、もう何(いず)れかの偉大な者が立ち上がる。
もう誰がしかのポーランドの聖人が立ち上がる
のさ。

花婿　興味深いね。

詩人　君は主題(テーマ)に興味があるんだ。

花婿　君は詩作品以上のものを
考えていたと？

詩人　俺はもっと熱く考えてるかもしれん。
しかもこの瞬間、それはまだ燃えてる……。
まだな……。けど明日には、崩れ落ちて
瓦礫と化すのさ――この燃え盛る殿堂は。
くぅ！　この**地獄**に踏み込みたいもんだ。
あーっ！

花婿　燃え立ってるね。

詩人　**地獄**が生きているんだよ――
この田舎家では、呪(まじな)いに掛かった館では！
地獄が燃えているんだよ！

花婿　だったら何だい?!

第十一場　花婿、総司令官（ヘトマン）、合唱隊（コロス）

合唱　なあ、領主殿、ブラネツキ殿[131]、
惜しむなよ、一グロシュを惜しむなよ。[132]
接吻を、我らと交わせ、接吻を。
惜しむなよ、一ドゥカートを惜しむなよ。
その巾着から我らによこせ！

司令　ふん、魔王（サタン）ども、モスクワの参謀部[133]め、
領主を知りおけ。金を取れ。
領主の余（よ）が立っているのは、金を乞うてじゃない。
今日、宿が余（よ）には地獄だ。
遊べや遊べ、そち等と合意だ。

合唱　遊べや遊べ、我らと合意で
一踊り、宿で踊ろう。
接吻を、我らと交わせ、接吻を。
惜しむなや、総司令官（ヘトマン）よ、巾着を。
モスクワの銭を取ったろ、
なあ、総司令官（ヘトマン）、ブラネツキ総司令官（ヘトマン）よ！

司令　金を取れ。金が焼く。

合唱　モスクワの銭が焼く？

司令　今日、宿が余（よ）には地獄だ。
悪魔らが余（よ）の血を飲む。
余（よ）の胸を、背（せな）を喰い裂く——
夢幻の犬ども、焔（ほむら）の頭が。
喰い裂いて、内臓（わた）に届くぞ！

花婿　県知事（ヴォイエヴォダ）だ！　県知事（ヴォイエヴォダ）だ！[134]

司令　放してくれ、憐れみを！

花婿　何て（イエズス）こった!!

第十二場　花婿、総司令官（ヘトマン）

司令　ふん、悪魔どもがどこぞに失（う）せたな。
誰かが境遇を憐れんでくれたか。
ただ、ひどい傷だけは痛むが……

虚しい嘆きだ。余は気にせぬ。
余は領主、地獄の領主で、
心の傷を啖うのだからな。
百年間、余は原生林を抜けて駆け、
森を、深い林を抜けて走っている――
休耕地を、草原を、広野を抜けて……。
炎熱で顳顬が脈打つ。
槌のように心臓が打つ。
火が臓腑を焼く………。
音楽に余のために奏けと命じよ。
地獄に払うくらいの余裕はある。
余は領主だ。国の四半分を手にしている。
して誰かがこそっと「イエズス」と言えば……
余はしばし自由となって、
空気で力を養うのだ。
胸いっぱいに息ができたぞ。
ほれ、残っただけ金を取れ。
見ろ、幾皿もある。
悪魔どもが余にこれを持っていけと言い付けたのだ。
奴らは夜ごと、こういう新鮮なのを注ぎ盛る。
して参謀部の者どもが、呪われた正教僧どもが
余の後ろで叫ぶのだ――ブラネツキ殿、
惜しむなよ。……余の血を啜るのだ……。
受け取れ！

76

花婿

総司令官よ、お前は総司令官を務めてた――
悪党ではあったんだが。
そして王自身がお前の朋友だった。[135]
指揮したもんだ、指揮したもんだ。
それで今日、俺たちは犬同然の奴隷の身だ。
総司令官じゃないぞ。屑、襤褸、瓦礫だぞ。
魂を寒気が冷やす。
お前を火が、火が焼く……。
なぜもう何も俺たちを救ってくれないのか――
王も、痛みも、
嘆きも、泣くことも。

司令　なあ、総司令官(ヘトマン)、なあ、総司令官(ヘトマン)……
今日は俺の愛の日でな……。
権兵衛娘とくっ付いたのか?!
ポーランドなどすべて細民よ。
奴らには金のことだけ。
妻問いに女帝の庶子らの所へ[136]
行かざるを得なかったのだ。
余(よ)にはそういう節操があったからな。
お主はここでポーランドを惜しんでくれるなよ。
お前は貴族だ。なら我らと接吻を交わせ。
お前は自由だ!

花婿　悪魔にでも攫われろ。

司令　罵ればいい。サーベルを佩いていないと見える。[137]

第十三場　花婿、総司令官(ヘトマン)、合唱隊(コロス)

司令　犬どもが追い掛ける。犬どもが咬む。

合唱　呪われ者よ、呪われ者よ。

司令　心を高く(スルスム・コルダ)。[138]心臓を喰ってるぞ……
余(よ)の内臓(わた)から心臓を引き出してるぞ。

合唱　国を売ったな、獅子たる者よ。
金がお前の口に注がれる!
金の領主よ、婚宴の領主殿、
踊りに行けよ、踊りに行けよ!

司令　金が焼く。金の煮え湯だ。
心を高く(スルスム・コルダ)、皇帝万歳!

合唱　奴の口に溶湯を注ぎ込め。
奴の内臓(わた)に掌を伸ばせ。

司令　血を飲んでる。血をがぶつく。
肉身をばらばらに引きちぎる!

合唱　金の領主よ、婚宴の領主殿、
踊りに行けよ、さらに踊りに。
婚宴では**死**が燥(はしゃ)ぐ。
真珠が一鍋(ガルニェツ)、金が四半桶(チフィエルチ)。[139]

司令　国を売ったな、**魔物**らに。
露助の**魔**が血をがぶつく。

合唱　心(スルスム・コルダ)を高く、皇帝万歳！
行け、そら行け！……止めろ、奴を止めろ！
踊りに行けよ、さらに踊りに！
金の領主よ！　婚宴の領主殿！

第十四場　花婿、浮浪爺

花婿　これほども幻がずるずる続きやがって——
地獄の不気味な笑みを浮かべながら……。
浮浪　どうなさった？　どうなさった？
花嫁があんたを虜にしたか？
花婿　うぅ、悪魔どもが、地獄そのものから来て、
俺の前で人間を引きずり回していった。
あぁ、空気が、息が……。
浮浪　　旦那、何で逃げなさる？

第十五場　浮浪爺、吸血鬼

浮浪　（花婿の背後から）
言うはずやった、一言、言うはずやった——
婚宴に神の祝福をって。
吸血　友よ、友よ……。
浮浪　誰じゃ！　血だらけの奴が！　失(う)せい、地獄の
者め！
吸血　おらは婚宴の者、おらは婚宴の者だ。
兄弟よ、水を一桶おくれ。
手を洗うんだ。面(つら)を洗うんだ。
ここ、婚宴で
生きて、騒いで、飲みたいんでな。
浮浪　失(う)せい、呪われ者、失(う)せい、呪われ者め。
吸血　兄弟よ、水を一桶おくれ。
面(つら)を洗うんだ。手を洗うんだ……。
浮浪　表着(うわぎ)に血、髪に血……。
吸血　きいきい言うな、何度も言うな……。

もう、もうそのことは天に知れとる。
（口ずさむ）
「それが起きたは謝肉祭」

浮浪　失せい、呪われ者、失せい、呪われ者め。

吸血　お前だけは呪いを口にするなよ――
兄弟なんだから……。震えろ！　おらはシェラ
だ!!
ここ、婚宴に来たのはな、
おらは彼らの父祖の処刑人だったが、
今日は媒酌人だからだ!!
身を洗うぞ。身拵えするぞ。
兄弟よ、水を一桶おくれ。
手を洗うんだ。面を洗うんだ。
表着を濯ぐんだ……分からなくなるだろ。
ここ、婚宴で
生きて、騒いで、飲みたいんでな……。
ただ、この額の染みだけは……。

浮浪　コレラか[140]！

吸血　疫病だ。墓だ。

浮浪　失せい、失せい、この屍め！

吸血　見えるか。勲章[141]を付けて歩いとるだろ。

浮浪　おぉ！　足から床に染みが。

吸血　血だな。おらが敷居を洗う。
兄弟よ、水だけでもおくれ。
水を一桶……面を洗うんだ。
表着を濯ぐんだ……分からなくなるだろ。

浮浪　呪われ者め！　マリア様、死の裁きを！

吸血　ぺちゃくちゃと、老いぼれ乞食よ、
仕事に掛からにゃいかん。
水を一桶、面を洗うんだ。
無為に立っていたりはせんぞ。
婚宴へ、婚宴へ。
踊りに行かっしゃい。だっておらっ達、兄弟や
から。
…………………。[142]

第十六場　カスペル、カシャ、ヤシェク

ヤク　カシャ――。

カペ　　カシャ――。

カシ　　何ながが、ヤシェク？

ヤク　だって、カシャ、お前は分かるから――これだって……。
こう、おらを半分引っ張っとるがいっちゃ。

カペ　カシャよぉ、おらの方へ寄らっしゃい。
お前にちょっと耳打つしておくちゃ。

カシ　　何け？　何って……？

カペ　おらっ達がどうなるか、教えてくれ……？

カシ　庭に夜露が降りる時分にな。

カペ　二人っきりになれる時分にな！……

ヤク　カスペル……納屋に行ってこっしゃい。

カシ　何しに？　あんにゃが行ってこっしゃい。

カペ　　ほれ、見ぃ、兄弟、
お前が先ず行け。……藁を敷き詰めとけ。

カシ　おらっ達も行くけに。

ヤク　　何を連んどるがいちゃ？
此奴に貼り付いとるが……？

カペ　　なら、お前が娶らっしゃい。

ヤク　嫁取りにかけちゃ一番の無精者や。
けど、腰なら掴むし、ぐるぐる回すっちゃ。

カペ　カシャにゃ掴む所があるもんな。

ヤク　もうお前っ達には何も感じんはずながに……
ただ、おらを半分引っ張っとるがいっちゃ。

カシ　ウォッカを持ってこっしゃい。

カペ　　ほれ、銭や。

ヤク　今すぐ！　そうやちゃ、お前の言うとおりやっちゃ。
　　行ってくっちゃ！

第十七場　カスペル、カシャ

カシ　座興でああ言うたが。

カペ　カシャ、二人して一緒にどっか行きゃあ、
お互いにいい気分やねけ。
カシ　庭に夜露が降りたな……。
唇が欲すけりゃ、ほれ……。
カペ　お互い最高にいい気分でありさえすりゃ、
カシャ、どこでもいいっちゃ。
カシ　そうやちゃ、いい気分で、カスペル……やね？
お互いに――。
カペ　ほやから――。
カシ　そうやちゃ……。
カペ　またけ。
カシ　飾紐がどっかにずり落つたが。
カペ　コルセットの飾紐け？
カシ　あれでない。
スカートの帯紐やっちゃ。
カペ　おらっ達、どこへ行きゃいいがか、カシャよぉ、
おらの燃える頬っぺちゃん。
（口ずさむ）
「今日だけは、おらに身構えてくれるなよ。
明日になりゃ、好きに行っていいからさ。[143]」

第十八場　カスペル、カシャ、ノス

ノス　（瓶とグラスを持って）
お手へ。
カペ　感謝する。
ノス　カシャに接吻させてくれぃ。
カペ　お手へ！
カシ　感謝する！
ノス　さぁ意のまま接吻しなよ。
カシ　んもう、何なが……？
ノス　痛みはしないだろ……。
カシャさん、乙女さん、何だい、その剥れ顔。
彼も俺も、若造さ。
君は彼がいい、なら、俺は禁じたりしないよ。
その冠、君に似合ってないね。

カシ　旦那さん、行くんや。見て見て、この人、
　　来(こ)っしゃったと思うたら、もう行きたいがやて。
ノス　アデュー、添い嫁さん、嫌なら嫌でいいさ。
カペ　野獣め、一瓶まるごと飲み干すてしもたちゃ。

第十九場　花嫁、花婿

花嫁　ふぅ、ねぇ、あんた、おらはもう踊れん、
　　けど踊るっちゃ。悔やみたくないもんなぁ――
　　明日になって、今日は足りなかったたって。
　　ちょうど今日、昨日は足りなかったたっていうみ
　　　たく。
　　しまいに力がなくなって、しまいにほとんど病
　　　気や。
　　ただな、おらに医者は必要ない。
　　必要なんは踊りだけ……。
花婿　ロザリオの珠みたく、
　　踊りの一つは、次のと

　　同じ。
　　踊りの鎖は延々と、
　　朝まで、そして朝から晩まで。
花嫁　焼き菓子(す)と式菓子(すきす)が足りとるうちは、
　　騒いで、くり返す騒いで、踊って……。
花婿　で、口付けを。お前が悔やむだろうから。
花嫁　おらさ、この演奏にすごく泣けてくる。
花婿　待てよ、俺たち幸せになるんだぞ。
花嫁　何てこと、あんた……！
花婿　何とかの、館。
　　落葉松(からまつ)の館でも建てようよ。
花嫁　白樺はすごう速(はよ)ぅ伸びるっちゃ。
　　窓の前には白樺の苗を植えるぞ。
　　遠くの壁まで三年で影にしてしもう。
花婿　緑の中に坐っていような。
　　木立の中に坐っていような――
　　花咲く園で。
花嫁　華やかに。

花婿　（口ずさむ）
「それで陽が出て天気に、
陽が出て天気になれば……」[144]

花嫁　（口ずさむ）
「連れ立って庭へ行こうよ……
菫（すみれ）の小さい花を摘（つ）もうよ……」

第二十場　記者、ゾシャ

ゾシ　はぁ！

記者　　アァ！……

ゾシ　　真っ暗ね。

記者　　明るくはないね。

ゾシ　疲れちゃった。ずっとぐるぐる、ぐるぐる……。

記者　それで、どう？　百姓たちが嫌にならない？

ゾシ　どうかな……ならないわ。……人たちを
多種多様な人として見てるもの。

記者　そうやって心（ハート）が目覚めるもんさ。

ゾシ　見ながら、心を眠らせてるの。
あれは綺麗、あれはとても崇高だ――
でも、だからってどうなる？……私は感じるし、
城壁を頭で刳り抜くのは無理。[145]
けど崇高で美しい物、そして繊細な物が
ひどく虐げられてるのを見ると、
痛いんだもの。

記者　　けど、その痛みは引くもんさ。

ゾシ　けど貴男は、どの痛みでも引くように、
書き物をしてるじゃない。

記者　　疫病なのさ。

ゾシ　貴男は見通せないものを信じないのね？
でも分かるでしょ、祖国とは化学なの。
心は、何かにしがみ付いたら、
ダイナマイトよ。

記者　　だんだんよくなってる。
もう一踊り、ぐるっとしたら、
教育は修了だね。

ゾシ　百姓の妻には、私、ならないだろうな。
誰も私に結婚を頼まないわ……。
だけど思うの、編集者さん――
あそこ、あの田舎の小部屋で、
台所用ランプの薄光りの中、
あそこでの私の踊りは何か意味があるんだって。

記者　貴女が自分でそれをお認めになりたいなら……。

ゾシ　貴男はどういう所からここへ来てるの？

記者　僕は見入って、好きで、信じてないのさ。
その代わり、貴女のことは信じてる。

ゾシ　　私の何を？

記者　その表情、目、仕種を。

ゾシ　私のことが気に入ってるの？

記者　　そんなところかな。

第二十一場　詩人、ラケル

詩人　貴女だったのか。さぁさ、どうぞ入って。

ラケ　影みたく貴男に付いていってるわ。
貴男は笑うかもしれないけど、
私、夢みたいなことが見えたの――
ここで何かが起き始めてるって……？

詩人　かもしれない……。で、今しがた、
外で遠くに貴女が姿を現した――
炎の幻影(かげ)みたいにね。

ラケ　私、この肩掛(ショール)で全身包(くる)まってたし、
戸からの光に当たってたし、そういうことよ。

詩人　夜は僕らの見方を別ものに変えるもんだ。

ラケ　私、もうほとんど怯えてるの……。
分かってるんでしょ――私が途中で引き返して
　きたって。
だって、私の行く小道を
人のようなものが横切ったんだもん……。

詩人　それは民間の説話だよ。

ラケ　騒がしく彼らが歩き回ってるのよ――
轟く大風の中を。見えるでしょ、

どんな暴風が沸き起こってるか、
どんなにビュウビュウ鳴って、木々を揺さ振ってるか……。

詩人　窓ガラスを震わせた。……見て、貴女、
庭で何を僕が見落としてるか……。

ラケ　すごく真っ暗……。

詩人　誰かが薔薇の木を引っこ抜いたな。

ラケ　藁を着せられてた、あれを？

詩人　そう、あの藁ぼっちを。
　　誰かが折った？……

ラケ　けど私たち、何を私たちは
彼にしたかったの……？
　　僕たちは

詩人　詩の鳥黐（とりもち）に飛んでったのさ……。だから今、
館は詩のために震えてるんだ。
あらゆる種類の鳥たちの
大規模な羽根刈りが行なわれてるんだ。
グルンヴァルトさながら[146]の非物質のぶつかり合いさ。
鷲、孔雀、雁の羽根が飛び交ってるのさ。
じきに僕らは有翼重騎兵（フサリア）と王を目にするよ。
蜂箱みたいに四方八方から集まって、ここが震えたんだ。

ラケ　空気中には大気の変化よ。
田舎家がポーランドらしさに
すっかり恋してしまった……。度数は相応、
つまり灼熱。それは一気に伝わっていく。
それは空気のもとで燃焼する――
一掴みの亜麻仁みたいに。

詩人　久しく夢は見なかったよ――
今晩みたいに、今夜みたいに。

ラケ　不思議極まる、不思議極まる力。
この闘い争う猛威。この颪。
何らかの太古の勢力。

詩人　　遥かタトラ山地から
合図が僕に飛んでくる！

ラケ　翼が要る！……この石でできた森の上へ
　　　飛び上がる……上へと――。
詩人　　頂へと！
ラケ　戦乙女（ヴァルキュリア）[147]だ！
　　　　今日の夢は、
　　　この眠らない夜の後で、
　　　素敵だろうな……。だって見つめる目が、
　　　簡単には拭い去れない像たちで
　　　溢れてしまったんだから。
詩人　見に行こう！

第二十二場　主人、クバ

クバ　どっかの旦那が、どっかの旦那が
　　　中庭で葦毛から下りとらっしゃる。
　　　馬はデカ物（ぶつ）やっちゃ……。
主人　　スタシェクと一緒に
　　　馬を小屋へ連れていけ。

クバ　喰う物（もん）をやってとけよ。
　　　旦那は大物に違（つが）いないっちゃ。
　　　着とる服は真っ赤やし、
　　　白い鬚と鞍の竪琴（リュラー）は、
　　　まるであの、腰（こす）の所（とこ）に竪琴（リュラー）を付けとる
　　　カルヴァリア[148]の浮浪みたいや。
　　　旦那、土間に出てみっしゃい。
　　　客の袋がはち切れたか――
主人　この婚宴の日には。
　　　さて好奇心が誰を連れてきたものかな？
　　　提燈（ランタン）を点けてくれ！――
クバ　　生きとって、
　　　まだあんなポーランド人（ずん）は
　　　見たことないっちゃ――。
主人　　そりゃお前が大して生きとらんからだ。
　　　まだそういうポーランド人がたくさん残っとる。
　　　美しい者たちがな。
クバ　なら、どこにその全部が隠れとるがけ？……

あ、提燈（ランタン）はもう直（ずき）や――
硫黄[149]がただ焼けさえすりゃ。

第二十三場　主人、主婦、クバ

主人　聞いたかい、誰か客が来たんだと。
どっかの大物らしき客が……。

主婦　ここの扉は閉（す）めるがいいぞ。……そっちで好きに話しとくれ。
おら、もうこの踊りにうんざりやっちゃ。
何（なん）やちゃ、あんた、大きい顔もせんで？
何（なん）で、あんた、何（なん）やら不安ながけ……？

主人　ただ、おっ母（かか）ちゃん、また当たるのは止（や）めてくれよ……。
俺はな、今日婚宴で、こう感傷的なんだよ。
どっかの、ただ者でない客……。

主婦　ここの扉は閉（す）めるがいいぞ。そっちで好きに話しとくれ。

主人　そんなの誰だ、そんなの誰だ……？

第二十四場　主人、ヴェルヌィホラ

ヴラ　誉れあれ（スワヴァ）[150]、ヴウォジミェシュ殿。
客人がこれに参ったぞ。

主人　お掛けください、お前様。
妻は脇部屋でおめかしをしてまして……。

ヴラ　ここに居（お）られよ、ヴウォジミェシュ殿。

主人　妻は脇部屋でおめかしをしてまして。
思いがけない来客でして、
ちょうどお祈りの最中だったんです――
子供らが床（とこ）に就いてたもので。

ヴラ　妻君は脇部屋にいるがよい……。

主人　子供らが床（とこ）に就いてたもので、
ところが彼ら（あれ）が奏（ひ）くのを止（や）めない――
婚宴ならば婚宴らしく、
ならば、ぼうっと立ってもいられないってわけで。

ヴラ　なに、妻はここ、脇部屋にいるんです。
妻君らは脇部屋にいるがよし、
婚宴は踊るがよし。
坐りなされ、ヴウォジミエシュ殿、
お主らに多くの報せがあるのだ。
契約について話し合うのだ。

主人　ほんなら、ぜひ。どうぞ、ぜひ。

ヴラ　坐られい。

主人　　坐ります……。真っ当な客人だな……。
どうぞ、ぜひ。どうぞ、ぜひ。
儀礼事はたくさんですな。

ヴラ　儂は遠くから、はるか辺境の地[151]から
馬を駆ってきた。

主人　　どうしようもない時間だ。
ま、そんなことは糞喰らえで、
では、ここは初めてですかな。
こんな時間に誰があんたを誘き寄せたんだか？

ま、そんなことは糞喰らえで、
ということは、それほど不意に、
夜になってこの祝いの宴に
来たくなったと、貴方様？

ヴラ　遠くからだが、近かったのだ。
それで祝いの宴を選んだのだ。
そなた等がここにどうやら一緒らしいのでな。
それで、人々の心が素直な
ご貴殿の家を選んだのだ。

主人　お前様には近かった、
心が報いずにはいられなかったと……。
私らは自分に素直なんです……小さいんですよ。

ヴラ　遠くからだが、近かったのだ。
儂が名を告げるや否や、
あの活気に満ちた、小さい少年たちが
すぐにも教えてくれた。

主人　あいつ等の満杯の心ときたら、何なのか。
走ってきて、話してくれて、

といって何かを言葉化できなかったんです——
年寄りの旦那だとか、年寄りの浮浪だとか、
竪琴(リュラー)を持った白鬚の浮浪だとか……。

ヴラ　なに、白鬚の爺(じじい)には違いない。
昔は魂が若かったものだ。
そなた等が自分に素直で、小さいのは、
大きな屈辱を知らなかったゆえよ……。
屋敷畑は幸せを運んでおるな。

主人　それは、なに、まあまあ黄金の収穫です。
黄金の畑地……それが刈り取られて……
一面泥になって……雨に降られて……。
果樹園は静かで……花を咲かせて、実を付けて、
一本から別の一本が独りでに生えてくる。
つまり黄金の収穫、満杯の心ですな。
遠くに求める必要はないですよ——
どうかして近くにあったときには。
貴殿に妻をお目に掛けますよ。

ヴラ　黄金の収穫、黄金の心、
つまり、そなた等はまだ魂が若いのだ。
そなた等が自分に素直で、小さいのは、
大きな屈辱を知らなかったゆえよ……。
もしや妻君は仕事があるのでは……?

主人　妻は脇部屋でおめかしをしてまして、
器量よしに見せたいんですよ——
不意の来客ということで。
すぐビールを出すよう言い付けます。

ヴラ　放っておかれよ、ヴウォジミェシュ殿、
異例の一時(ひととき)ということで……。

主人　グラスがあった方が口を利きやすいでしょ——
道外れで、泥濘(ぬかるみ)もたくさんということで。
雰囲気があった方が喋りやすいもんです。

ヴラ　話がこのことでないときにはな。
異例の一時(ひととき)ということで、
儂ら二人きりで
語り合って構わんのだ。

主人　　お伺いしましょう。

ただ、異例の一時(ひととき)です。
お名を尋ねてもよろしいかと……?

ヴラ　判らなかったか……?

主人　　私の知ってる誰かです。
心に近しい誰か、愛すべき誰か、
誰か怖そうではある人、昔の、
まる一世紀と同じくらい古い人……。

ヴラ　　昔の信仰のな。

主人　私の知ってる、思いがけない誰か……。

ヴラ　思い出すだろう[152]——血の照り返しと
鐘の呻きを、そして雷を、
そして血の虐殺を、血の川を……?

主人　夢かな、何か遠い夢。
その鐘はまだ耳に残ってる……。
婚宴の曲が掻き混ぜやがる——
何か古い歴史哀詩(ドゥマ)[153]を、説話を。

ヴラ　彼らの陽気な曲以上に、
あの鐘はまだ耳に残っておる。

悲しげな呻き、痛ましい呻き、
虐殺された死体の血があれほども。
儂はあそこに居(お)って、屍の傍に立っておった。
あの鐘はまだ耳に残っておる。
儂は聖なる民を見つめておった——
彼らがいかに呪われ、呪いの言葉に責められて
倒れていったかを。
つまり父が息子を呪詛するとき、
息子が父を呪うときにな。
血を流す涙の、心からの涙の
そんな呻きの庭を
儂はあの永遠の声の中で聞いておったのだ。
狂ったような呻きを、鐘の声の中でな……。
あの鐘はまだ耳に残っておる。

主人　昔の時代、昔の世紀。
夢かな、何か遠い夢。
曲が呻きを聞こえにくくする。
何か古い歴史哀詩(ドゥマ)、説話。

ヴラ　儂は大火の照り返しの中、
葦毛に、葦毛の駿馬に跨っておった――
神の徴(しるし)を待ちながら。
儂の後ろでは雷が次々と
雲居より響いて、大空に閃いておった。

主人　遠いものが、こんなに近い。
私の知ってる、思いがけない誰か。
ついまだ昨日、
夢でだけ、幻でだけ見た誰か――
竪琴(リュラー)を持った浮浪の旦那……。
　　ヴェルヌィホラだ。

ヴラ　竪琴(リュラー)を持った浮浪の旦那……ヴェルヌィホラ！

主人　私の知ってる、思い設けた貴方。
ついまだ昨日、
夢でだけ、幻でだけ見た貴方――
かの昔の権力者たちさながらに、
貴方は馬に、葦毛の馬に乗って
私の家の前へ、便りを持って。

ヴラ　言(ことば)をだ！

主人　貴方は言(ことば)を持って……貴方は言(ことば)を持って！

ヴラ　儂は命令を持って。

主人　命令の言(ことば)！……
昔からもう心は用意があります――
こんな雷のようなお召しによってなら。

ヴラ　言(ことば)の命令、命令の言(ことば)だ。
心のためなら、心は用意があるものだ。
聞かれよ、ヴウォジミェシュ殿、
これこそが異例の一時(ひととき)なのだ。
契約について話し合うのだ。

主人　これは夢そのままの生きた真実。
妙な異例の一時(ひととき)だ。
どんな命令です？

ヴラ　　三つの下命だ。

主人　妙な異例の一時(ひととき)だ。
どうやら俺が召されてるんだからな。

ヴラ　夜明け前に檄を方々へ送り、[154]

村民階級を招集するのだ。

主人　これは夢そのままの生きた真実。
この祝いの宴のせいで私の所に
ほぼ全員が皆でいます。

ヴラ　隠れていたものは、現(うつつ)になるべきなのだ。
遠かったものは……近くにだ。
今日、お前さんの所で祝いの宴がある。
ほぼ全員が皆で居(お)る。
夜明け前に檄を方々へ送るのだ。
それらは四方へ行かねばならん。

主人　伝令を馬で各所に送って、
夜明け前に檄を方々へ送ります。
すぐに妻に相談します……。
彼女ならその百姓らしい抜け目なさで……。

ヴラ　それらは四方へ行かねばならん！
陽が昇る前に用意しておけ。
伝令を各所に送ったら、
民を教会の前に集めるのだ。

健康な、素直な、小さいのをそのままな。
彼らが威信を識(し)るために、
お前さんは神よろしく、円陣で彼らを迎えるの
だ。
そのときには、静けさをもって彼らを戒めよ。
どの刃(やいば)もカチャカチャ音をさせてはならぬぞ。
して、衆人が跪いたら、
全員で耳を立てるがよい。
クラクフ街道から
蹄の音が聞こえぬだろうか……？

主人　澄ましてます、耳を澄ましてますよ。

ヴラ　儂には分かる――お主は勇者だと……。
クラクフ街道から
蹄の音が聞こえぬだろうか、
大天使とともにもう儂が駆けておるか……？

主人　澄ましてます、耳を澄ましてますよ……。
たとえ最強の勇者がいたとして、
どういう、何の、始まりなんです……？

ヴラ　盲人のように聞き、聖人のように信じることだ。
儂には分かる——お主は勇者だと。

主人　俺が教会の前に立つというのか？
これは夢さながらの生きた真実。
誰がこんな栄誉を俺に贈ってくれるのか。
誰が昔の伝令を俺に遣わすのか。
妙な異例の一時だ。

ヴラ　陽が昇る前に用意しておけ。

主人　陽の明ける頃には大鎌が立ち上がりますよ。
用意しておきます！

ヴラ　　言を誓え。

主人　言いましたよ。

ヴラ　　誓え。

主人　　　生命は育つんだ。
さては貴方は幽霊の幻か。
あんたは墓場の吸血鬼か。
お前は朽ち木か、お前は魔法か——
古い言を持って来たとは！

俺に策を用いて、
俺の中に秘密だったものを
真実の事柄よろしくお前が語るとは！
さもありなん、さもありなん……！

ヴラ　儂は言を語っておる……真実の事柄を。
一時、異例の一時なのだ。
儂が今日、祝いの宴を、
お前の館を、通路を、屋敷を選んだのだ……。
聞こえよう、どんな大風が唸っておるか！
聞こえよう、大雨がざんざん言うておる！
聞こえよう、大木がみりみりと、
灌木がぽきぽきと、どんなに鳴っておるか！
それは、あそこで儂の仲間が歌っておって、
金の蹄鉄を履いた千の馬が
凍土を打っておるからだ！

主人　イエズスよ、我らを憐れみたまえ……！

ヴラ　最初の者はワルシャワへ飛べ——
案件の軍旗と一隊とを伴って、

神の母の頸飾(ゴルゲット)[156]を着けて！
国会(セイム)[157]議員階級を召集する者、
自ら首都に立ち、国会(セイム)に現れる者……
その者こそ我らを救うのだ！

主人　さもありなん、さもありなん。
あんたはそんな怪奇譚を話してくれる——
それも真実の事柄として。

ヴラ　すべてが神聖、すべてが生きておるのだ。
遠くからだが、近かった。
儂はお前の家を、屋敷を選んだのだ。
そして**祝いの宴**を選んだのだ。
御身は幸運の手を持て。
お前さんに金の角笛を与える。

主人　金の角笛を。

ヴラ　これでもって合唱隊を招集できよう。

主人　兄弟の集まりを。

ヴラ　これの騎士のような声に
霊が威を増し、
運命が御輿を上げよう。
お前の手に角笛を与える。

主人　何と感謝してよいか。

ヴラ　お前さんは檄を各所に送って、
民を礼拝堂の前に集めるのだぞ。

主人　明日？……集まったら？
協議すればいいんですか？……何を決議するん
です？

ヴラ　明日とは、すなわち大きな神秘だ。
明日、集まったら、
協議するでないぞ。何も協議するでない。
ただ静寂に立つだけでよい。
明日とは大きな神秘なのだ。
お前は、朝早くに起きた後、
最初の陽が出たら、
道に向かって耳を立てよ。

主人　明日ですか?!

ヴラ　明日だ!!!

主人　　魂飛魄散!!

第二十五場　主人、主婦

主人　奥、聞いてくれよ、奥さん！
　来とくれよ、ハンカ！

主婦　　何（なん）ながいっちゃ?!

主人　今日、この日は異例の日だ。
　一度にこんなにも新しいことを知ったぞ。

主婦　で、悪いことは何（なん）ながか、それとも良（い）いこと？

主人　ただ、母さん、それがこんなにあってな、
　頭の中が轟いて、騒いでるんだよ。

主婦　誰が解ってくれる？　誰が解ってくれる？
　何（なん）ながいっちゃ、何（なん）ながいっちゃ？

主婦　もしかして病気かね。あの年寄り（とっしょ）は誰ね？

主人　誰があの年寄りだ。ヴェルヌィホラさ。
　ただ誰にもこのことは言うなよ。
　これはお前にこっそり言うんだ。

主婦　彼もここへはお忍びで来たんだ。
　どこへもう行ったがけ……？

主人　　発っていったよ。
　とても重要な事を話していった。
　支度せんといかんってな。

主婦　　あんたには何（なん）って？

主人　支度せんといかんってな。ベルト、鞄、
　俺の小銃、拳銃、
　このサーベルも両方[158]持っていく……！

主婦　おぉ、何てこと、闘争か何（なん）かけ——
　夜中に？　どこで？　何（なん）をまた……？

主人　俺は用意しておくことになってる。

主婦　　頼むわ、勘弁して！
　やっとこさ立っとって。あんたは病気なの。

主人　すぐに馬を飛ばさねばならん。

主婦　おまけにどっか溝にでも落ちようもんなら……。

主人　魂にかけて誓いを立てたんだ。
　馬を飛ばさねば……！

主婦　　魔法、夢魔、
　何か(なん)の魔力ながけ?!
主人　　今このときから、
　俺たちは生き始めるんだ――大いなるものを！
主婦　悪いものに会いませんように。
主人　彼は遠くから来て、近かった。
　伝令者、予告者、ヴェルヌィホラだよ！
　あちらさ！　すでに何か大きな合意があるんだ。
　彼は遠くから来て、近かった……。
　案件の終わりにして初めなんだ。
　彼は命じた。……言(ことば)を。俺は聞かねばならんし、
　魂にかけて誓ったんだ。
　彼の意力が俺を虜にしたんだよ――
　国民の霊なんだって！
主婦　　地獄の幽霊やわ！
　頼むわ、勘弁して、あんたは病気なの。
　何(なん)かが、どっかで、どこやらに、誰かがって……
　飲み過ぎやっちゃ。

主人　　霊が運んでくれるさ！

第二十六場　主人、ヤシェク

主人　ヤシェク!!
ヤク　　旦那、何(なん)⁉
主人　　　これへ！
ヤク　　　　はいよ！
主人　馬に鞍を！　痩(ガリ)馬に跨がれ！
　百姓たちを招集に行くんだ！
ヤク　行く？　今から？　必要……？
主人　　やらねば！
ヤク　この黒暗淵(やみわだ)じゃ道に迷ってしもうし、
　そこら中すごい泥のベチャベチャや。
主人　しかしお前は、駆け抜けるヤシェクだろ！
ヤク　馬を小屋から解(と)くっちゃ！
主人　やらねば！　重要な事だ。
ヤク　　おらっ達(ちゃ)の？

主人　駆け抜けろ、四方へと駆け抜けろ。
窓を叩いて回れ。「やらねば」と叫べ。
百姓たちは様々の刃（やいば）を持って、
夜明けの前にここへ立て。
ここの礼拝堂の前に立て。

ヤク　百姓どもが大鎌持てば……我らが勝利！

主人　刀も取るだろうさ。

ヤク　旦那は兵（つわもの）なんやから……我らが勝利！

主人　我らが勝利！

ヤク　　一息に飛ばしてくっちゃ！

主人　秘密だぞ！

ヤク　大風が自らおらを運んでくれる！
　百姓どもが大鎌持てば！

主人　夜明けの前に立たせるんだぞ。

ヤク　　やらねば!!

主人　たとえ魔が唆しても、耳を貸すなよ。
ひたすら真っ直ぐな。

ヤク　　わき目も振らず。

主人　御柳擬（ヒース）に露が置く前に、
鳥たちが鳴き出す前に……。

ヤク　一息に飛ばしてくる。

主人　　全力で飛ばせ！

ヤク　おう！

主人　（ヴェルヌィホラから受け取っていた、金の角笛をヤシェクに手渡す）
　手に取れ。これは贈り物だ。

ヤク　純金や。何（なん）やっちゃ？

主人　　魔法だよ！
紐をお前の首に巻き付けて、
角笛をずっと強く握ってろ。
分かれ道では気を付けろ[159]――
魔か何かがお前を負かしてしまわんように。
どこでも、何をも、取ろうとして屈むなよ。
ひたすら飛ばせ。

ヤク　　国境のぎりぎりまで！

主人　三番鶏[160]が鳴く前に戻ってこい。

戻ったら、ここに立つんだぞ。
そのとき角笛を大きく吹き鳴らせ。
すると百年この方なかったような
霊が力を増すんだ……。
なぜなら全員が耳を澄ますのだから。
ただ失くすなよ。金の角笛なんだからな。
明るき神がこれを遣わすんだからな。

ヤク　おらは**地獄**で汗に光る方がいいな。

主人　この黄金の音なしには、
すべての動きが水泡に帰すんだぞ。

ヤク　巻き付けてくっちゃ。

主人　　　持って振り回すなよ！

ヤク　おうよ！

主人　　飛ばせ、クラクフの勇者よ！

ヤク　（すでに走り出ていったのが、戻ってきて、床に投げられた帽子を取ろうと屈みながら）
おらの孔雀の羽根の帽子が。

主人　三番鶏の前にここへ立てよ。

第二十七場　主人、スタシェク

スシ　旦那、何が起きとったか、聞いとるけ？
今、年寄りの旦那が発ったときに、
すごい大風が吹き上がったがいちゃ。

主人　お前が連れてきたんだな——老人を、
貴人無帯外衣[161]の、紅の、あの旦那を？

スシ　そんなの、どんだけでも、あるがいぜ。
口髭には、金色の火花が散っとったやろ。
で、あの紅色の貴人無帯外衣やろ。
あれは火みたい、火群みたいやったやろ。
馬は悪魔、魔物、異形物やったやろ。

主人　馬は葦毛で、鞍下で覆われてる。
鞍下は織ったもので、多様多彩。

スシ　鞍には拳銃二丁。

主人　そして鞍を跨いで、竪琴がぶら下ってる。

スシ　全部まるで見てこられたみたいに……。

主人　どっかで、いつか何かを見たな……。
スシ　馬の本当(ほんと)すぐ横に、おらは立っとった。
瘦馬(ガリ)が尻尾でヒュッとやったときには……
奴のどこにあんな力(つから)があるがんか……
奴、クバの面(つら)を真っ黒にしてしもうた。
主人　クバは制(おさ)えられたか？
スシ　　えー、あん畜生、
どうにも制(おさ)えられるのを嫌がって、
ひたすら尻尾を大振りして殴ってきたんで、
二人掛かりで馬勒に掴まったっちゃ……
そのまま**老人**が乗るまで。
主人　乗って、行ったと……。
スシ　　でも魔法ながか、
馬は……あの人が奴の上に乗っかったら、
まるで奴の中で炭を熾こしたみたいに、
火の屁をこいて、火で光ったっちゃ。
突然、垣根を越えて素っ飛んでったときには、
おらとクバの面(つら)を真っ黒にしてくれたっちゃ。

主人　そして魂魄は飛び散するってか。
時計が正子(しょうし)を過ぎたからな[162]。
スシ　敷居の所(とこ)に忘れ物が残っとったな……。
主人　忘れ物？
スシ　（金の蹄鉄を主人に差し出す）
ほい！
主人　　金の蹄鉄……！
スシ　泥海の上で光っとった。
主人　言葉より雄弁なもの。
目に見える、明白な徴(しるし)——
草原(ステップ)の葦毛の馬に跨って、
火のような客が訪れたっていう。
その鞍では竪琴(リュラー)が鳴ってる——
鷲、大鎌、サーベル、紋章！

第二十八場　主人、主婦、スタシェク

主人　見ろ、ハンカ！

主婦　幸せが手にある！[163]

主人　幸せさ。見つかりものの幸せさ。

主婦　どこでぃね？

主人　玄関土間の敷居の近くで。手にある幸せか。

主婦　全部が金製や。へぇ、作りも巧みなもんや。誰が失くしたんやろ？……仕舞っとかんと。

主人　人を招集しないとだろ……。天から降ってきたんだ。会衆に見せんといかん。

第二十九場　主人、主婦

主婦　見せる物なんかないっちゃ。……手にある幸せや。それを手から放すもんでないし、秘密にして隠しとくもんやし、

世間に見せるもんでない。自分の幸せは大切にするもんなが！

主人　金製だぞ！

主婦　本当にね。

主人　櫃に入れとけ！　お前、本当に手に取ったんだな。自分の幸せは大切にするもんだな——地獄の贈り物であれ、天からのものであれ……。しかし俺の幸せは違う。

主婦　あんた、何を言うとるが。私、怖いちゃ。

主人　それはまだお前が理解してないからだ。貧困を終わらせるんだよ。……仕事を始めるんだよ。

主婦　どんな仕事を？　何の仕事やっちゃ？　私が理解しとらんて、何をやっちゃ？

主人　鷲、大鎌、サーベル、紋章、旦那、百姓、百姓、旦那——世界中が魔法に掛けられているんだ。

すべては卑しい仮面だった――
百姓、旦那、旦那、百姓、
サーベル、紋章、家紋、大鎌。
身の毛が弥立（よだ）つほどだ。
すべては卑しい仮面だった――
色付けされた、図絵になるような。
世界中が魔法に掛けられているんだ。

主婦　どうしたが、あんた？　熱でもあるがけ？

主人　熱みたいに、こういうのが込み上げてきた――
活火山の熱みたいに、
オルガンの騒（ざわ）つきみたいに。
そこらの冠かぶった人物たち、
そこらの家紋つきの驕る貴族（シュラフタ）、
宮殿、巨城、別荘、
群れなして駆られる馬、
その後ろには、六頭の名馬[164]――
遊べや遊べ、貴人締帯外衣（コントウシュ）[165]なしで、
豪気をもって、遊べや遊べ!!

冠を被った旦那は思いもしない――
俺たちがどこかの壁穴に立ってるなんて。
家紋を付けた貴族（シュラフタ）は思いもしないし、
畑にいる百姓は思いもしない――
そこで誰かのどこか、何かが痛いのかって。
牛は畑に、豚は畜房にってな……
遊び騒げよ、御前さん[166]。

主婦　横になんな。酔うとるんやから。

主人　世界が酔ってる、世界が酔ってるんだよ。
世界中が魔法に掛けられているんだ……。
放せ。俺は行くべきなんだ、行かねばならん。
魂にかけて誓いを立てたんだ。

主婦　頼むわ、勘弁して!!!

第三十場　主人、主婦、町の客人たち

全員　　何が起きてるんです??
どうしたんです？

主婦　まあね、ご乱心や！

主人　お前たち、お前さんたち、何（なん）で君らはいるんだ。
お前さん等は、町じゃ退屈し切るんで、
だから、村へ来たくなった——
あっちで足りない、こっちで足りないってな。
で、まあ、俺たちから残ったものってのは、
人形、馬小屋劇、卑しい仮面、
着色された偽物、図絵さ。
昔は、そこらに大きな口があった——
サーベルのためにも、茶碗のためにも。

かつては、そこらに大きな魂が、
半ば気狂いじみた豪気があった——
誰かを救い出すため、誰かを切り刻むため。
今日び、待つべきものは何もない。
雰囲気を？[167]　まあ、お前さん等は雰囲気には浸ってるか——
お前さん等の面（つら）に俺が憐れみを言ってるってな。
（唾を吐く）

第三幕

第一場　主人

（独り、その場を歩いている。大きな音を立てながら、扉を一つ、もう一つと閉めていく。それらは誰かが外から開けることになる。ようやく、並べた椅子に疲れた身を横たえ、微睡む。部屋は暗い）

（もうここからはすべてが小声で話される）

第二場　主人、詩人、ノス、花婿、主婦、花嫁

詩人　酔っ払いやがって、ったく！

主人　　よくあることさ。

ポーランド式の頭を持つべきなんだ――

サーベルのためにも、グラスのためにも……

なのに今回、間抜けは眠ってしまったのさ。

ノス　グラスのために、情婦のために……

そうでもないな……そうでもない。

　……事は違うように見える。

何かがこう心臓の下で俺を引き裂いてる。

そこから何かが出てくるかも……。

ワイン、ウォッカ……そうじゃない、

主要因子は……剣。

主人　剣……剣、主要因子は剣さ。

詩人　妙なことを……妙なことを。

こいつを寝かせてやれよ。

花婿　　藻掻いてるぞ。

ノス　俺が森にいるのが見える。

木々が向こうへ逃げていく……。

花婿　ムカムカするのかい？

ノス　　すべてにムカついてるさ、

すべてにもうげんなりしてるさ。
心の辺りが冷めてくし、
守護天使が俺から飛び去っちまった。
ただ森だけが見えていて、
その木々が向こうへ飛んでいく。
すべてが騒いでる——ハス、ハス、ハス、ハス。[168]

花嫁　こりゃ酔っ払ったわ。

詩人　　面白いことを。

主人　すべてはいつも面白い。
すべては興味深いのさ。

花婿　自身の調子、魂の音楽だな。
魂がそれを通して叫んでる調子だよ。

詩人　静かに……何かご所望だ。

ノス　ワインを少々。喉がからからで。

詩人　ほらよ。

ノス　（詩人に）
　知ってるぞ、知ってるぞ——芸術万歳（エッヴィーヴァ・ラルテ）、[169]
我々の人生は何の価値もない。
つまりバッカスとアスタルト[170]信仰ってな。
ふん！　宿命、運命には耐えなきゃいかんし、
当然の結果、財布は空っぽだ。
大きなものを夢見ても虚しいね。
生きなきゃなんない、生きなきゃなんない……。
ボナパルト、あいつは鼻が利いたのさ。

主人　（自分の場所から）
どこで君はそうさっさと済ませたんだい。
婚宴のやっと二日目で、
もう足が立たなくなってる。

ノス　できれば大衆に埋もれたかったよ——
そうやって互いに肩を並べて、
その健康な世界に
頭の天辺まで浸るためにさ。
個性を絞め殺せばいい。
単純さを自分に強いればいい。
だが、どうするよ——天性が
俺の魂を歌うように仕向けたときには。

俺は深くに行きたかったのに、
前面へと出なきゃならない……。
感じる！　畜生、心臓を感じるぞ……。

詩人　冗談じゃない、心臓病だ。
何のために飲んでるんだ？

花婿　　危険だな。
やれやれ、これはもうほとんど狂気の沙汰だ。

主人　（ぶつぶつ言いながら）
……やはりこれまた……受難だな——
魂にこの永遠の空虚を抱えて生きるのは。

ノス　飲むさ、飲むさ、そうせにゃいられないから。
飲めば、それが俺を刺してくれるから。
そのとき俺は胸に心を感じて、
すごく多くのことを見抜くんだ。
こうポーランド式で何かを量るのさ……。
森が騒めく、森が轟く——
ハス、ハス、ハス。
もしショパンがまだ生きてたら、
彼も飲んでたろうさ……。
ハス、ハス、ハス——
森が騒めく、森が轟く。

詩人　長椅子で横になれよ。
寝てすっきりしたら、踊りに行けばいい。

ノス　モラヴィア娘[171]と踊ったさ。
誰も彼女を踊りに誘おうとしなかったんでね。
憐れむくらいの余裕はあるじゃないか——
彼女は百姓女で、俺は旦那様だから。
俺がしばらく寝るなら、彼女は待てばいいのさ。

主人　（うわごとを言いながら）
夢か……夢。……あそこで待つがいい。
……長い道、しかも遠い。
大物の旦那が道を行く……。

詩人　（兄に）
何か夢に見てるのかい……？

主人　　俺も眠い。

主婦　（夫に）

ベッドに行かっしゃい。用意できとる。

主人　いや……ここの肘掛け椅子に残る。
（ノスに向かって）
おい、おやすみ、友よ。
真のそういう者たちは、もう多くない。

ノス　（ソファーに横たわる。花婿に）
モラヴィア娘に接吻（キス）したんだ。
が、俺は瓶を手に掴んでてな。
瓶が傾いちまって、
ワインが垂れてるって感じるんだ。
ワインがもったいない……それが原因だったのに——
俺が瓶を手に掴んでたのは。
コルクを取り出したいと思った。が、ここでコルクはますます下へ行く。
思うわけさ——くたばりやがれ、
髪の毛の代わりにコルクを引っ張り出してやるって。
モラヴィア娘の長い髪の毛の代わりにさ。
彼女の方は、グラスを取りに行っちまった。
そうなんだよ、でも何とかなってさ、
俺は瓶を全部飲み干したんだ、けど……
髪の毛もきっと飲み干したんだな！
で、これが俺の空想をとても掻き立ててさ、
俺は突然、恋をし始めた……。
二度目の接吻（キス）をしたいと思う。
すると、ここで新たな困りごとだ。
てのも俺が倒れたんだから——まるで、まるで……巨石みたいに。

花婿　二度目のために覚えときな——
まず接吻（キス）する、それから飲む。

詩人　まず駄目になる、それから生きる。

主婦　あんた達（らっちゃ）はもう行かっしゃい。この人らは眠らすとかっしゃい。

ノス　タン、タ、ラン、タン、タン、タン、タン、タン……。[172]

花嫁　この人らは置いときな。もう行かっしゃい。

詩人　こうした魂たちの状態は面白い。

花婿　俺たちは自分を半分しか知らないもんさ……。

　誰が残りを分かってる……？

詩人　人間は夢でどこを歩き回るんだろう――

　あっちは大変、こっちは悪いっていうんだから。

　ほとんど毎日このことを考えてるよ――

　どれだけ長くそれは続き得るのか……？

ノス　その主題（テーマ）については、毎日考えてる。

　寝てすっきりしたら、話をするよ……。

　猛烈に眠いぞ。

　その主題（テーマ）になると、俺は最もよく眠れる。

花婿　全身汗でびっしょりだ。

詩人　別の着物を着せてやらないと。

ノス　永遠だよ……君ら、そういうふうに理解してる
　かい……？

　無限だよ……おい、どこかに、おい……

　君、花嫁さん、ワインを注（つ）いでくれ。

　流れていこうぜ。他の奴らが俺たちの後からや
　って来る。

主人　こいつ等、もうここから一回出ていくか！

　うるさくするな……あっちへ移動しろ。

　落ち着きたいんだよ。独りでいたいんだよ。

ノス　流れていこうぜ。他の奴らが俺たちの後からや
　って来る。

　お逃げなさいな、しっしっ、しっしっ。

　我らの後に洪水あれ（アプレ・ヌ・ル・デリュージュ）。[173]

（ノスはソファーで、主人は肘掛け椅子と椅子の上で寝入る。こうして、もう眠っている両人が取り残される）

第三場　チェピェツ、楽師

（婚宴の扉口で）
チピ　たわけた阿呆が、
　金を取りたいっちゅうがか?!
楽師　ぐだぐだ言わんといて、ご主人、

寝てくださいって。
他の者(もん)らが踊りゃいいやろ。

チピ　畜生が……お前っ達(ちゃ)、おらのために奏(ひ)くべきや
ろ。
それを、おらに寝れって言うがけ――
お前っ達(ちゃ)に金を撒いてやったところが……。
見とけ！――お前っ達(ちゃ)の面(つら)をどんながに殴って
やるか。
奏(ひ)くか、それとも奏(ひ)かんがか……？

楽師　ぐだぐだ言わんといて、ご主人、
寝てくださいって。
他の者(もん)らが踊りゃいいやろ。

チピ　畜生が……お前っ達(ちゃ)、おらのために奏(ひ)くべきや
ろ。

楽師　あんた、六価貨(シュストゥカ)[174]をくれたやろ。
あんたの分は、おらっ達(ちゃ)、もう奏(ひ)いたがいちゃ。
他の者(もん)らが踊りゃいいやろ。

チピ　畜生が……お前っ達(ちゃ)、おらのために奏(ひ)くべきや
ろ。

第四場　チェピェツ、チェピェツ夫人

チ夫　置いとかっしゃいね……。
くだらん演奏が何(なん)やっちゅうがいね。
人の場所を盗(と)っとるよ。

チピ　退(ど)け……おらが奴らに仕置きをしてやるちゃ。

チ夫　家に行かっしゃい。へべれけなんやから。

チピ　下がれ、婆(ばば)ぁ……おらが酔うとる？
とっとと家に失(う)せれ！
ヴァイオリン弾きどもめ、おらの腕は強いがい
ぞ。

チ夫　分かるかもすれんな……穏便に。

チピ　何(なん)のこっちゃ……何(なん)のこっちゃ。
退(ど)け……俺様が奴らに仕置きをしてやるちゃ。

チ夫　置いとかっしゃいね。

チピ　役立たずの畜生どもめ、

人が穏便に言うとるうちやぞ。

第五場　チェピェツ夫人、主婦

チ夫　あんにゃのは眠っとるよ。

主婦　うちのは眠っとる。

チ夫　この婚宴ちゃ、えらい苦労やね。

主婦　若い時分は喜べばいいがいっちゃ。

チ夫　そうやっちゃ、若い時分を充分楽すめるって、そんだけしかないがやもん、人間っちゅうのは。後は、ひたすら文句言うてばっかりや——これが残念、これが残念って……。

主婦　こうだの、どうだの、何がうまく行けばだのって。

チ夫　それにしても、美しいがに行なわれとっちゃ。ただ町の皆さんが見入って、見て、欠伸しとる。寝不足か何かやって見て分かっちゃ。欠伸はしとる、けど、立つ去らん。何も彼もよかったって見て分かっちゃ……。結構な人数が集まってきたもんね。

主婦　大変ながらも、えらい楽すみやわ。

第六場　ラケル、詩人

ラケ　あぁ、貴男にとって何て美しい瞬間なの……私が貴男に身を委ねてるなんて。でも、これはこうして過ぎてくもので、貴男がだんだん近づくわけでも、私が近づくわけでもない。私は相変わらず臆病だから。

詩人　貴女ならあそこでずっと立ってられたよ——この大風の中で……。

ラケ　あ、この風脚ね。でも後には、この音はだんだん小さく、だんだん遠くなっていく……。この近くにある

音楽も、
私が見た
この果樹園でのすべての現象も……。
でも、これはこうして過ぎてくものね。
私たちは別れてしまうんだし、
お互いを忘れてしまうんだし、
というのは、貴男が私を忘れてしまうんだし、
それでラケルが我に返れば、
夢見るだろうし、
もしかしたら、悲しむんだろうな。

詩人　それなら、貴女は本望だろうね——
思いがそれほどしつこく悲しみに占められてる
って……。

ラケ　悲しみとは美しさでしょ。
じゃ、弦のような何かが切れてしまって、
この嘆きが奏で始めたら。

詩人　そのときは、貴女は肩掛(ショール)を取って、
ポリュムニア[175]さながらに庭に立って、

考えるんだよ……どんな仕立てが流行(はや)りなのか、
どんな服を着ればいいのか、
あるいはコンサートホールに行くわけだから。
そして、そこで……それこそ僕らは会うんだよ。

ラケ　それじゃあ、この心の嘆きと
この私の額の雲はどうなるの……？

詩人　いったい何から文学は生まれるんだい？……
それが芸術の域へ入るんだよ。
どんな形式でもいい、とにかく入るんだよ——
十四行詩(ソネット)としてであれ、叙情詩であれ、
文芸欄小説であれ。

ラケ　　じゃ、私の心の音楽は……
真っ正直な、ほとんど貴男への
愛のようなものは……？

詩人　それこそ真っ正直に身を委ねるだろうさ——
一行一行に。

第七場　ハネチカ、花婿

ハカ　ありがとう、お兄様、
踊るのがすごく心地よかった。
花婿　心地いいって、おチビちゃん？
ハカ　私ね、回り始めたら、
こうやってぐるぐる、こうやってぐるぐる、
そうやって接吻（キス）までしたくなっちゃった——
添い婿さんと。
花婿　　お子様が?!
ハカ　じゃあ、あなた達はって言ったら、
子供と違うように接吻（キス）してるのね。
花婿　俺たちは詩人としてさ。
それなら俺たちは、一応無事で済む。
それは違うふうに理解されるんだ。
ハカ　私はそれを自分の中で押し殺すの？
私だって発散すればいいじゃない——
このクラクフっ子たちに愛情を感じて。
花婿　万事いいさ、キス以外なら。
ハカ　キスは喪失でも何でもないわ。
花婿　それには添い婿たちは馬鹿過ぎる。
ハカ　なら、そういうのを最後になって言うのね！
花婿　言う必要ないだろ、おチビちゃん！

第八場　詩人、マリナ

詩人　だんだん美しく……貴女は独りだね。
マナ　この孤独の中で美しくなってるのよ。
あら、貴男はもう翼を付けたようね。
もう詩にしたんでしょ——
一瞬と家全体を、婚宴と客人たちを。
詩人　そうさ……もう有りとあらゆる化け物を、
幻想物の天国全体を
生き生きと想像に描いたよ。
マナ　そうして貴男は幸せになったわよね——
それほどの才能をあれこれ量ったんだし。

私たちはどうなの。……私たちは詩人じゃない。
……貴男、愛情の連滝みたいなものが
私たちの上へ流れてきてるって思わない？
それが私たちの目に映って光ってるって――
もう何かが私たちに見えてるかのように……？

詩人　かもしれない。それは、あなた達が
天使みたいになったってことかもな――
この眠らない夜によって、
踊り通した、奏(ひ)き通した夜によって……。
で、その先はどうなるんだい……？

マナ　ちょうど考えてるとこ――
天使らしさをこの先どうしたものかって……。
つまり、お馬を馬車に繋ぐでしょう。
私たちが坐るでしょう。……従者が
鞭を鳴らすでしょう……それでお終い……。

詩人　鞭の鳴りが消えたらね。

マナ　そうだけど、誰が
この、こんな高い調子を引っ張ってけるの⁉

あそこ、私の向こうでね、
ヴァイオリン弾きの横に立ってたとき、聞いた
のよ。
ポーランドについて百姓たちが話していたの。
それも全く常識的で正直に話していたの――
こいつを、あいつを叩かなきゃいけないとか、
屈しなくてもいいんだとか、何とか生きていか
なきゃいけないとか、
これ以上このまま続いてくわけがないとかって。
で、分かるでしょう……私、どういうわけか、
それを信じるの――
あれは常識的で正直だったたって。

詩人　まるでいざという時が来たかのようだって……。

マナ　いつのことよ⁉

詩人　だって、何のために困苦を絶えず責めるかって
ことは、
何のために考えるかってことだから。

マナ　まさしくね、何のためよ……？

詩人　もし本能に従っていけば……。

マナ　　誰がそうなのよ！

詩人　彼らと僕ら、僕らと彼らさ。
競走さ——誰が誰を抜き去るか！

マナ　貴男はペガソスに乗って雲の上でしょ。
私には……何かあるって気がするの……。

詩人　あそこに?!

マナ　あそこに、ここに！　ポーランドの性質全体に
変質があるのよ。

詩人　　観察かい？

マナ　　私は占ってるの。

詩人　はぁ、信じてよ、僕だって変質したんだ。
ただ、まだ自分を信じてないから、
すべて貴女に正直に話してるけど、
自身の真実を自分に隠してるし、
何かしらの霧の中で生きている。
卑しさと愚かさがあれほども
僕の周りを、犬のように這いずってたし、
僕の手にくっ付き、
僕の足にくっ付いてた。
もうたくさんの道を引き返してきた——
霧のために、夜の、暗闇のために！
狂いそうだよ……だって、どこにでも
この詩性の有機体を感じるし、
すべてが僕の中で踊ってるんだから。
霧と悲しみが、そして卑しさも……。
それでいて、僕の翼には、
一見他人のらしい涙の重みが圧し掛かる——
誰かが泣いていて、
その涙が僕の魂に
くっ付いたんだ……。翼を
僕の霊は動かせない——雁字搦めなんだから。
聞こえたんだよ——まるでどこか僕らの上で、
円天井でか、雲の中でか、上の方で
誰かが震える涙で泣いてるように。

マナ　どうしたのよ、どうしたのよ。

屋外で熱を冷ましてくるといいわ――
風に当って。

詩人　あそこで！　あそこは
もっと熱いさ……。あそこでは、あの果樹園が
僕を攫う。木々が巨大化していて、
怖いほどの暗さが生まれてる――
灌木や幹から、そして葉からも……。
それらは闇の中で錆び色を帯びて、
静かなスラヴの神々の幻さながらなんだ。

マナ　……あ、真実はオリーブ油みたいに
集まるものね。……貴男、何が痛いんだろ？
考え……？

詩人　こういう考えが痛いのさ――
僕を役に縛る者がいて、
僕を役から引き離す者もいる。
僕の翼を広げてくれる者がいて、
僕の翼に枷を掛ける者もいる。
僕の目を覆う者がいて、
光を投げ掛ける者もいる。
何か聖なる手があって、
別の、呪われた掌もある。
僕と擦れ違う幸せがあって、
僕を抱き寄せる不幸もある。

マナ　それは貴男、そうやって全部覚えてるから。
それでその全部ですごく優しくなってるからよ。

第九場　チェピェツ、クバ

チピ　行かんかい、餓鬼が！　行かんかい、拾われっ子！

クバ　ほっといてくれっしゃい、村長さん。[176]

チピ　ここで足元をうろつくな。
ここは年長者ばっかりしかおらんが。

クバ　おらは知っとることがあるから、
怒らんといてって言いたいっちゃ。

チピ　何をや……？

クバ　叔父(おず)さん、この人とどっか行くはずや。
（ここで主人を指す）

チピ　（指しながら）
この……。

クバ　（指しながら）
眠っとるがと。

チピ　どこへや？

クバ　露助の所(とこ)へ！

チピ　何(なん)、俺がこの人と、この眠っとるがと……?!

クバ　しっ、この人、何(なん)やら夢見とる。
この人の所(とこ)にどっかの旦那が来て、
パン窯みたいな肩巾をしとったたっちゃ。

チピ　どっかのすごく秀でた旦那やな――
窯みたいな肩巾をしとったたっちゅうがなら。

クバ　中庭に馬で乗り付けたが。
で、この眠っとるがと喋った後で……
旦那がヤシェクを呼んだが。
ヤシェクはすぐ馬を飛ばすて、
叫んだっちゃ――露助を打つべし！
おらっ達(ちゃ)、スタシェクと二人で立っとったが。
後まだ、これも繰り返すとくっちゃ――
どうやってこの人らが話(はなす)を付けたか……。

チピ　その旦那は……？

クバ　ウクライナからの客や。
何(なん)かとんでもない金持ちで、
すごうポーランド人っぽい顔つきをしとった。

チピ　年寄(とっしょ)りか……？

クバ　ウン百歳らしいちゃ……。
何(なん)かの大虐殺、血のことを話し合(お)うとった……
館々(やかた)を回らんといかんって。
旦那は何(なん)も彼(かん)もに乗り気で、
えらい速(はよ)う合意してしもうたんで、
年寄(とっしょ)りがもう終わったときには、
おらっ達(ちゃ)、スタシェクと
辛うずて戸から跳び退いて、
あたかも、葦毛(あす)を掴んどるよ、みたいにしたっちゃ。

チピ　馬は葦毛(あす)やったと？
　雪、乳(つつ)みたいな。

クバ　で、鞍下は金色。

チピ　これって何(なん)かの仕掛(す)け網でないがけ？
それか、魔がもしかしておらを揶揄(からか)っとるがけ？

クバ　もっと他に誰が奴を見たがいちゃ？
　誰(だん)も。

チピ　スタシェクは法螺吹きで、お前は洟垂れや。

クバ　信じんがけ？……蹄鉄があるがいぜ。
馬が金で装蹄されとったから。
それが剥がれ落つて、おらが見つけたが。

チピ　どこにある？

クバ　　すぐ渡すたっちゃ。
で、おっ母(か)[177]は櫃に仕舞ったっちゃ。

チピ　蹄鉄を櫃に仕舞った……？
誰にも見せんと。
人のいい主婦(おかみ)にしては、
上出来や……それどころかお手柄や。
何(なん)ちゅう幸せ！　おらはもう分かったたっちゃ。
彼と行かにゃいかんということや。
いいか、クバ、お前はおらと来い——
暗いからな。
お前が灯りを照らすてくんや。支度(すたく)するぞ！
（主人の方へ身振りをして）
待っとってくれ！　話す合おうや！

第十場　チェピェツ、浮浪爺

チピ　（扉口で入る者を踏み付けた）
何者(もん)じゃ、お前……！

浮浪　　村長さん！[178]

チピ　あんた、居る所(おとこ)ないがけ？　道に立っとらっしゃいよ⁉

浮浪　気を付けてくれっしゃい……憐れんでくれっし

ゃい……。
百姓どもがえらく訊いて回っとるっちゃ——
まるで何かが起きることになっとるように。
鉄器に手を伸ばしたがっとるんやから。

チピ　起こるはずのことが、起こるやろう。

浮浪　ヤシェクが何やら村を馬で走っとった……。
全員の窓を鳴らしとった。

チピ　俺は眠っとったんか、俺はどこに居ったんや！

浮浪　あんたは飲んどったやろ、村長さん。

第十一場　チェピエツ、主婦

主婦　うちのは眠っとるね……。

チピ　　あんにゃのは眠っとる……。

主婦　そりゃもう怒り散らすて、騒ぎ立てて、
周り中、遠くまで罵すったがいよ。

チピ　何か面白いことも言っとったけ？

主婦　誰が何を解るもんかね？

チピ　それはもしかして、これから何があるとか……
ん？

主婦　何からも出てこん物から出るだけやちゃ。
どこやらで支度しとったの、どこやらへ向か
っとっただの、
もすかしたら、誰かを殴るかもすれんだの。

チピ　もすかしたら、それも悪くないんじゃ？

主婦　もすかしたら、あんたなら、この人と
馬で飛んできたいかもしれんね？

チピ　　馬で、どこへ……!?

主婦　おらに分かるけ……？

チピ　他にももっと何か言うとったけ？

主婦　　おらに分かるけ？

チピ　他の者はいざ知らず、おらには！

第十二場　市議夫人、記者

市夫　貴男たちには、没頭する仕事が

ずいぶん多くあるでしょ。……なのに婚宴が
貴男を誘き寄せたのね。

記者　　馬鹿げたことから
しばらく離れられて、喜んでますよ。

市夫　貴男のお仕事は、真面目な物でしょ。
それを貴男、そんな仕種で打ち消して、
そんなに不愉快そうに言うなんて――
その真面目な物を。

記者　　真面目な物なんかありませんよ。
すべてが一時しのぎなんです――
所信、見解、主張。

市夫　それでも真実は……？

記者　　真実の影すらも！

市夫　それは、その人次第ってとこでしょ。
でも、貴男が自分から監視哨を
逃げ出していては……？

記者　　奥さん、あれは税関所[179]です。
「前哨地[180]」なんて空想でね。

ダナイデスの無用な苦労[181]なんですよ。

市夫　……じゃ、ずいぶんと通っているのは……？

記者　　退屈からってとこですね。
人間は身を粉に挽いて製粉所になるんだから、
僕は通っているんです。それも、ずいぶん通っ
　てる。
ホイスト[182]、一局、夕ご飯、
近しい、遠い友人たち。
年が経つにつれ、日が経つにつれ、
こいつが死んだ、あいつが足りない。
人間は夢を持ったり、見たりするけど、
退屈さから、燕尾服を着込むんです……。
婚宴に来てみたら、
僕にはいろいろ逆さまですけど、
何だか、何だか心地いいんです。

第十三場　市議夫人、花嫁

市夫　あら、お前さん、可愛らしい花嫁さん、どうやってあんた達はお互い生きていくんでしょう？

花嫁　そやね、そやね、分からんっちゃな。まだ彼と話し合(お)うとらんけに。

市夫　私には分かりますよ——あんたの美貌が一度ならず困難を克服するだろうってね。あんたは何にせよ若いから。そう、でも、あんた達は何を話すのかしら——こうして長い夜が来たら。話したいわけでもなく、坐って過ごさなきゃいけない。

花嫁　彼は教育があって、あんたは学校も出ずに……。もすおらに何(なん)も言うことがないがなら、ねぇ奥様、彼は何(なん)しに喋るがけ？　何(なん)しに自分の口を無駄に叩くがけ？

第十四場　花嫁、マリシャ

マシ　喜んどるよ、ただ思うわけ——あんたさ、嘆くだろうなって。

花嫁　何を嘆くの？

マシ　あんたがどんなふうに野良へ赤毛や斑[183]を追っとったかって。あんたがまだ小(ち)っさくて、あんたと、ハンカと、あたしとでどんなふうに一緒に家(うつ)に居(お)ったかって。あんたには厩舎(うまや)が無いがになってしもうって。厩舎(うまや)の周りで普通に大きくなって、その農仕(す)事の全部が無いがになる、この汗水垂らすのが無いがになるって。どうやってあんたが奥様になるがいろって、喜んどるよ、ただ思うわけ——あんたさ、嘆くだろうなって。

花嫁　何を嘆くの……？

マシ　恋しい思いをするがをさ――
お父が居らんで、あたし達が居らんで、
こういう垣根がなくて、庭がなくて。
男が居って喜んどっても、まだここに
泣きながら飛んでくることになるがをさ。
だって、ここにあんたの魂はあるがいから。
あっつじゃ、あんたは孤独やろうし、
そのせいで、落つ込むやろうし、
そのせいで、嘆くやろ。

花嫁　損は小さし、嘆きは短し。[184]

マシ　けど今は、あんた、満足しとらっしゃい。
今は赤い顔して、熱うなっとらっしゃい。
けれど、ここに魂は残るんやし、
ここがあんたの愛するものなが。
あっつじゃ、あんたは孤独やろうし、
そのせいで、落つ込むやろうし、
そのせいで、嘆くやろ。

第十五場　マリシャ、父

マシ　お父、婚宴が嬉しいんやね……。

父　楽しみゃいい。陽気にやりゃいい。
この二、三日の分だけは……。
その後は、一緒になりゃあ、
あいつ等にやれる物は、もう何もない。
自分らで自分の石臼を挽いたらいいっちゃ――
好きなように……。おらが口出すことでない。

マシ　けど、あたし達を助けてくれるやろ？――
あの地面のことで……あの賦払いの……。

父　おらは我のを見とる。……おらは金持ちでない。
嫁に行ったがなら、行ったがいっちゃ。
此方にであれ、他方にであれ――
あの世へ出てったがと
同ずようなもんや。

マシ　あたしが旦那に嫁いどったら、
お父はもっと喜んどったかもしれんね？――
何年か前に、あたしを望んでくれたときに。

父　あの死んだ者がな。……仲人は残った。
ヴォイテクに仲人をしてもろとったんやから。
そんで仲人がお前を貰うた。

マシ　あたしは仲人を好きになったんや。
けど今日、ヤガが嫁いで、
あたしは自分のときの
あの死んだ友達のことを、
ハンカの婚宴であの人と
どんなふうに知り合うたかを思い出したら……
落ち込んでしもうた。
何でか分からん……。
だってあたしは、うちの人がいいと思ったやね
け……
彼が寂しい思いをしとらんがなら。

父　お前の夫はどこや？

マシ　もう横になったっちゃ。眠っとる。
疲れとるが。……けど、あたしにはここに居れ
って言うたんで、
来たんやけど……何しにか分からん。
ここにあたしのための物はない。けど、ここを
歩いとる。
するとここで人らが踊っとる――何年か前み
たいに。
あのとき、あたしの所に仲人たちが
百姓からも、旦那からもやって来た。
で、あたしは恋をしとった。

父　彼らの所へ行ってこっしゃい。

マシ　見とるだけでいい――
あの添い嫁たちが、疲れてだんだん蒼ざめて、
けど回り続けとる、
止めようとせん、喜び続けとるのを。

父　一踊りしてくりゃいい。

マシ　見とるだけでいい……。

父　泣いとるんか……？

マシ　　すごく目の前が霞んで、
何もかもがどんどん蒼ざめて見えるわ。

第十六場　詩人、花嫁

詩人　花嫁……夢から来たる、夜から来たる？

花嫁　夢なら見ましたよ——
眠ってはなかったけど。
ただえらい脱力感で横になっただけ……。

詩人　愛のゆえに、花嫁は力をなくした。

花嫁　——————[185]。
金の巨大な箱馬車の中で、
夢で悪魔に出くわした。
こんな馬鹿みたいな夢を見とったが。
えらい長々と、訳の分からんことが続いとった。

詩人　それでいきなり悪魔が矢庭に？
それでいきなり金の四輪馬車が？

花嫁　夢なんてそんなもんや。可笑しないやろ——
何やらどうでもいい物が現れたって。
ただ、旦那さん、嗤うがは止めてよ。
だって、旦那さんちゃ、一日中驚いて歩いて、
おまけにあっつこっつで喋って回るから。
まるで何某かあるみたいに……ほんとは何もないがに。

詩人　そういうのにお金を払う者らもいるんだよ。
一つのそういう訳の分からん話から、
馬車と、めかし込んだ悪魔とを
手に入れることができる。
しかも、ものすごく多くの見物人を楽しませられるのさ。

花嫁　踊りのせいで、えらい力がなくなって……。
夢で見たがは——おらが四輪馬車に乗り込むが。
瞼が重い……もう勘弁して……。
夢で見たがは——おらが四輪馬車に坐っとって、
訊くが。だって森をいくつも抜けて、

何（なん）やら煉瓦造りの町をいくつも抜けて、おらを
　運んどるから。
「鬼ども、おらをどこへ運んどるがけ？」
するると、奴らが言うが。「ポーランドへ」……。
けど、そのポーランドって他のどこにあるが？
　で、こっちのは、どこに？
旦那さん、分かりますけ？

詩人　　世界中を周って、
ポーランドを探してもいいよ、花嫁さん。
そうして、どこにも見つけられないよ。

花嫁　なら、探すのも無駄かもしれん。

詩人　けど、一つ小さな籠[186]がある……。
あ、こういうふうに、ヤガさん、
手で胸の下を押さえてごらん。

花嫁　　これはコルセットの縁（へり）で、
ちょっときつめに縫い付けてあるが。

詩人　……そこで打っているのは？

花嫁　こんな勉強が何（なん）やっちゅうが？

詩人　心臓や……！……？
　それがポーランドだよ、まさしくね。

第十七場　詩人、花婿

花婿　とても早いと、こんなに寒い。
この今日の眠らぬ夜を
長いこと記憶するよ。

詩人　きっとな。結婚初夜だ。
それはいつだって力試しの夜だ。

花婿　これは少し、また別のことなんだ。
何か恐怖心の真蜱（まだに）、巨大な恐れのようなものが
俺を捕らえた。
幻想的な世界にある散文のようなものが
突然怖くなった——
ここに俺たちの前で生き生きしてるものが、
こう突然、風に飛ばされてしまうんだって。
俺たちは虚しく幻影（かげ）に手を伸ばしてんだって。

……だって、それは幻影（かげ）なんだから。
そうやって、俺にとっての幻想が色褪せてしまったんだ。
それが幻影（かげ）たちの森の中で
とっくに眠りに就いてしまってたからだな。

詩人　俺の方は今また、この夜の大風が
運んでくれてる。
こう言ってもいい――魂が
急な岩を上へと攀じ登っていて、
分かってるんだ……分かってるんだよ、あそこに立つんだって！
そういう力の確かさ、それを俺は今持ってる！

花婿　で、そのすべてが冗談のためか……？

詩人　まあ、魔物が夜を飛び回るままにさ……。
夜はまだ去っちゃいない。

花婿　じゃ、君は投石紐で鷲を当ててな。
俺は、長閑な林、
香りに酔った静かな果樹園の方がいい。
林檎の花や
綿毛の冠を被った野芥子（のげし）が咲いててくれて、
緑の草が生え、
妻が俺の周りをうろうろしてくれる方がいい。
神の恵みの片隅を持ってる方がいい――
林檎の樹や鰭薊（ひれあざみ）とともに
こう金色っぽい陽射しの中に
スタニスワフスキ[187]が描く、
あの絵のように小さな片隅を……。
そこが静かで、長閑である方がいい――
で、もし慌ただしく、うじゃうじゃするのなら、
それは羽音を立てる蜜蜂、光る蝿のせいで。
……………………[188]。

第十八場　同前、チェピェツ

チピ　（羊皮外套を着て、手に大振りの大鎌を持って）
おらの旦那たちがここに。

花婿　大鎌！
なんて美しい。

チピ　それは整えてあるからや。

花婿　本当だ、鋭く尖ってる——
討つためみたいに。……それだからって何だ？

チピ　ほやから、使うために整えてある。
けれど、旦那らよ、あんた達は
分かっとらんらしい——何が迫っとるか。

詩人　何をチェピェツは言っておられる？……兄に
何かの案件かい？

チピ　ほうよ、それ。**案件**や。

花婿　面白いことを——。

詩人　面白いことを。

花婿　何があるらしいのかな——
こうも突然飛び込んできたからには……？

チピ　ったく、旦那はまるで盲や、盲人や。
旦那の所に来たんでない。

詩人　そうか、チェピェツ。
兄は微睡んでる。起こす必要はないさ。
重要なことかい……？

チピ　大鎌は重要や。

詩人　もし絵のために大鎌を必要としてたのなら……
隅に立てといておくれ。
目が覚めたら……。

チピ　ははぁん、弟君、捕まえた。[189]
もう絵は終わったがいっちゃ。
旦那らには絵、画布しかないがけ。

花婿　何だか今日のチェピェツの顔は高慢だな。

チピ　旦那のは賢し過ぎや。
旦那は顔を顰めっしゃるやろ、おらがこう言えば——
おらっ達は解り合えんし、
おらっ達の話し合いは何にもならんって。

詩人　そりゃ当然さ。俺たちはザクセン人へ、あんた達は森へさ。[190]

第十九場　同前、主人

チピ　（眠る者に近寄ると、その腕を掴んで揺さ振る）
ほれ、ほれ、旦那……！
何を眠っとらっしゃる。起きんにゃいかん。
何かに取り掛からんにゃいかん。

主人　（起こされて、横たわる肘掛け椅子と椅子から）
何だ⁉……あんたがここに⁉……誰が騒いでるんだ⁉

チピ　ハンカはどこだ？　ハンカ！
（部屋の扉を閉てながら）
静かに。
ここで彼女は必要ないが――
おらが旦那に言おうとしとる事には。

主人　何を、おっちゃん、耳元で叫んでんだ？
何のこった？……その大鎌は何だ、何しに？

チピ　向こうじゃ村で人達が揉み合うとる……。
あそこに固まっとる。集まっとる。

もしかすると、もう向かっとって……旦那は眠っとらっしゃる‼
寝ぼけ眼や。

主人　ここで何をしてくれてんだか……あんたは何だ、
これは何だ？

チピ　おらは仕事で気が急いとるが。
もう眠りから目が覚めて、
用意できとるっちゃ。そすて、
この先の命令を待っとるっちゃ。
ながに、旦那は目が覚めんで、眠っとる。

主人　あんた、何か大鎌の出る夢でも見てるのか?!

チピ　おらが夢を見とんでない。起きんかい、旦那。
何でって、おっちゃんは何やら重要な、
最高に重要な命令を受けたそうやねけ。
それと文書、か何かそういうのを。

主人　俺が？　文書を？　命令を？　誰の？

チピ　速う顔を洗わっしゃいよ、旦那、洗わっしゃい。
おらが無意味に立っとらんでいいように。

無意味な徒労と恥がおらに残るから。
旦那は百姓らと一緒に行かっしゃればいい。
ここの村の百姓らはもう用意できとっちゃ……
そんで、あそこに立っとっちゃ！
街道脇の井戸の周辺に集まっとって、
夜が白んだら、
ここの内庭に押し寄せてくる。

主人　頭を絞ってる、絞ってるが……。

チピ　あっち、クラクフじゃもう全部用意できとる。

主人　何ちゅう、おっちゃん、何ちゅう、お前さん、
おとぎ話を長い夜の間に作ったんだい？……
俺があんた達と？

チピ　　あんた達がおらっ達と！

主人　あんた達は全員、大鎌を持って……？

チピ　有るべきように、刃をこうして。

主人　何かの徴か？

詩人　　……何かの徴って？

チピ　時間があるうちに、支度せっしゃい。

あんた達が来るなら、おらっ達は嬉しい。
けど、突っ立っとらんでくれ——この蛾か
間抜けどもみたいに。
誰でも持っとる物を手に取るべし。
中庭に出て、立つべし。
あそこにはもう人達が居る——
自分から駆け付けとるのが。
百姓らよ、応！　百姓らは、応！

詩人　……何かの徴か。

主人　　何かの徴さ！

チピ　旦那らよ、ここに居るからには、
もしおらっ達と行かんがなら、
おらっ達はあんた達を……それも大鎌で！

主人　あんた達が？　でも、どうやって……？

詩人　　俺たちが誰か知ってるのかい？
あんた達が俺たちの何を知ってる？……何にも。

チピ　お、旦那はどうも盲目らしい。
あんた達がおらっ達を知らんのが分かるよ。

花婿　あんたが血に貪欲なのは分かってるさ。
ただ、血のための時間じゃないんだよ。

チピ　ほれ、花婿、ほれ、花婿、
宴が白(すろ)い歯をこぼして見せたら、
もう安息のことしか頭にない。

主人　おい！　あんたの言葉には恥ずかしくなる。
顔は見れて嬉しいがな。

チピ　それは、あんた達(らっちゃ)が、燃える蝋燭を
おらっ達(ちゃ)の顔に燃え立たせたからや。
旦那よぉ、覚えとるけ――
夜一(いっ)度ならず旦那が呟いとったのを。
聖処女が何(なん)を言(ゆ)うとったか、
おらっ達(ちゃ)の中にいかに大きな力(つから)があるか、
その力(つから)がいかに呪(まずな)いに掛かっとるか、
だから、いつかは正気に返るやろうって……。
あんた達(らっちゃ)が、燃え盛る蝋燭を
おらっ達(ちゃ)の顔に燃え立たせたがいろ。

花婿　けど、あんたはすぐにナイフを手に握る。

チピ　じゃ、何(なん)を待つがいちゃ。おらは腰(こす)抜けか？

主人　おっちゃん、言葉を慎しめよ。

チピ　けど聞くときには、知(す)ればいいやろ。

花婿　口は、あんた、とても達者だな。

チピ　旦那は無意味な石臼だけ回すとれ――
詩(す)やら、歌やら、本やら。
お前、飾紐(リボン)が気に入っとるし、
その郷民大襟長外衣(キエレズィア)で着飾っとるけど、
いざ何(なん)かで狙われんにゃいかんとなると、
旦那は何(なん)も彼(かん)も内(うつ)に隠すてしもうがいろ。

詩人　しかし何も起きてないじゃないか。

チピ　そもそも、あんた達(らっちゃ)がしょっちゅう言(ゆ)うとる
　やねけ？――
その何程(なんぼ)かでもおらが理解しとるとすれば。
それどころか、あんた達(らっちゃ)が最初に分かるらし
　いがいろ？――
これは大きな事やって。

主人　　どんな事が?!

チピ　　日が明けるって!!!

詩人　日が明ける、そうだな、だからあそこで
あの雲と霧の幻妖が荒れ狂ってる。
穂波の上へと吹いていく
あの幻妖がさ。

花婿　（窓に向かって）
　　煌めきが木の葉に。
オパールのような露が流れてる。
木々の金剛石の間を透いて漏れてくる――
まるで岩の枷の間の垂れ草のように……。[191]
奇跡だ！

チピ　　旦那には蚤しか見えん――
蚤やら、光り物やら、露やら、蛾やら。
で、おらっ達が何者かを知ろうとはせん――
おらっ達の中で日が明けて、魂が光っとるって。
直に鶏が鳴くやろうって。
町ではおらっ達を待っとるって。
ここにおらっ達が二十人ほど、

詩人　大鎌、殻竿、鉄具を持って居るって。
そすて、これ、これは夢でないがやって。
彼は何を話してる？　奇妙じゃないか。
だって俺には今日これが思い浮かんだんだ――
戯曲として、夢として。

花婿　なんて主題だ！

詩人　　百姓の血潮と
この彼の、領主にも似た怒り。

主人　俺たちを待ってる？……あんた達を待ってる？
しばらく……何かが……何かがここであった。
そのことを俺にもう話してた何かが……。
しかし誰が、どんな奴が……。

チピ　　誰かがここに居った――
大きい世界をいくつも越えてきた者が。
ウクライナのどっかから来たらしい。
合言葉か文書かを持ってきて、
檄を方々に送るよう命ずた……。
ここ、敷居の向こうには人達が居って、

詩人　証言できるっちゃ――正子(す)過ぎに
　　　竪琴(リュラー)の響きを聞いたのを。
　　　(兄に)
　　　零時過ぎ、兄さんがぐったり横になってたとき、
　　　竪琴(リュラー)の響きを
　　　俺は聞いたよ。

花婿　　俺は中庭から、
　　　この果樹園から聞いた。

詩人　この果樹園から、林檎の樹の下からさ。
　　　でも思うわけだよ――空想さ……

主人　もしかして誰かが鈴でも着けたんじゃ?
　　　が、他にもいたんだよ、何かしらの者が……。
　　　別の者もいたんだ……。覚えてないな……。
　　　しかし何かが見え掛けてる……。

チピ　　旦那らよぉ……
　　　あんた達(らっちゃ)は幻妖にしか役に立たん。
　　　誰か野外(そと)を覗いてみればいい――
　　　彼所(あこ)の、クラクフ小路が通っとる
　　　下(すた)に何(なん)が見えるか。[192]

詩人　(出ていく)
　　　ここからも見えるはずだ。近いんだから。
　　　見ないことには。

第二十場　花婿、チェピェツ、主人

花婿　　何のための怒りだか。
　　　そんなに燃え立っちゃって。

チピ　でも旦那、あそこが赤く焼けとる。
　　　野外で歌が聞こえとる。

花婿　チェピェツ、あんたは熱くなってるんだ。
　　　すると、何かの夢が見え、音が聞こえるのさ。

チピ　花婿さん、あそこで誰か走(はす)っとる。
　　　百姓があんなに、馬があんなに。
　　　見に行けばいい、旦那。

花婿　(走って出ていく)
　　　　何をまた?

第二十一場　主人、チェピェツ

主人　おっちゃんが酔ってる……俺が酔ってる……。そうやって大鎌を掌に持ってると、あんた、様になるな。

チピ　畜生が……。おらは立っとらんといかんのに、人達がここに駆け付けたがっとる。

来っしゃい、若い衆！……カスペル、来いま！

ここの敷居の傍にでも立たっしゃい。

（呼び立てながら、扉を透かしていた。二人の若い衆が、整えられた大鎌を持って入ってくる。そのうちのカスペルは、添い婿の身なり。彼らは、一人が奥の扉の傍、もう一人が婚宴の扉の傍で、見張りに立つ）

第二十二場　主人、チェピェツ、カスペル

主人　（カスペルに）

閉めておけ、女どもがうろつかないように。

で、つまり何なんだ……何なんだ、ん……?!

チピ　あんた達の所に来たのは誰や？……ほれ誰や？

もす旦那が神を心に持っとるなら、おらっ達と合意せっしゃい。

主人　待て、待て、何かが見え掛けてる。

誰かが俺の所に来た。だな、おっちゃん……。

すごい騒つきが頭の中で聞こえる……。

覚えてない。隠れた考えが

奥から出てこられないでいる。

どんどん別の考えの群れが……。

チピ　その考えごと、騒つきごとで

自分の心を旦那は冷やすとるだけや――

何でって、そのうちに褌垂れることになるから

な。

第二十三場　同前、花婿

花婿　（扉口で）
白い鳩の群れが
俺のすぐ鼻先を目掛けて飛び立って、
ヤガが叫び声を上げたほどだった。
空気が奴らのせいで渦巻いてる。
ヤガ、ほら来(こ)っしゃい！

カペ　（婚宴の扉口で）
ヤガは要らん。
ここでは重要な案件が行なわれとる。
旦那は行かっしゃい。お前さんはここじゃ面白(すろ)いから。
ただ、女は一人も要らん。

第二十四場　同前、花嫁

花嫁　（強く扉を引っ張りつけて、入りながらカスペルを押し退ける）
行かんかい、曲者(もん)、どっかの大男！
ここでおらが入るのを脅すつもりけ！
棒切れを手に握ったからって！
誰かを仕(す)切りたいがけ、大頓馬のくせに……！
後まだ四(す)半桶[193]を頭に被ればいいっちゃ！

花婿　それが何だってんだい？

カペ　奥方様！
彼と寝に行きたいとこやろうな。

花嫁　あんた達(らっちゃ)全員、寝不足やっちゃ。
部屋の中は油の臭い、頭の中は煙だらけや。

第二十五場　同前、詩人

詩人　（走り込んできながら）

黒い鴉（からす）たちの旋風が
畑地から、どこかこっちの方から沸き起こって、
大きな声で鳴きながら翔（かけ）ている。
黒い鴉（からす）たちの、そのカアカアいう鳴き声には、
どこか深い調子があって、
まるで頭の中で何かの収穫を
運んでるようだった。

主人　　お前ね……それじゃない。

詩人　雲に怪異が現れてる。

花婿　（窓に向かって）
遠くにもう薔薇色が見える。
注意して見てみな。目をこうして細めてみな。
この最初の朝焼けの、なんていう演奏だ！

詩人　雲から玉座みたいなものが置かれていて、
何か翼の幻像のようなものが
玉座の周りに。

チビ　　旦那は見たんやな！

第二十六場　同前、主婦

主婦　（どたばたと入ってきながら）
聞かっしゃい、男ども、見に行かっしゃい。
何（なん）やら軍隊みたいのが、火の中に立っとる。
クラクフ辺りの野畑が一面、
その大鎌どもで蠢いとる。

主人　ふん！……もう立ってるのか！
　義姉（ねえ）さんは見たんだね……。

詩人　俺も見なければ！　全身熱くなってるね、義姉（ねえ）
さん！

第二十七場　同前、ただし主婦と詩人を除く

（主婦を引き連れながら、走り去る）

花婿　あんた達はここで何を？

花嫁　（彼を引っ張っていく）
　来（こ）っしゃい、見っしゃい！

花婿　徴（しるし）をくれとる、徴（しるし）をくれとる！
いったい何なんだ、この何かしらの世界は。
面白いじゃないか、面白いじゃないか。
（両人とも走って出ていく）

第二十八場　同前、ただし花婿花嫁を除く、詩人

詩人　（急いで戻ってくる）
空中で騒めきが聞こえた――
まるで声、歌のような何かが。
でも、冷たい風の流れが
だんだん別の方角へ吹いていってるから、
もう見えてたもの、
もう現れてた、と思える、ものが、
急に消え消えになってる。
歌が止んで静かになろうとしてる。
灌木が傾がなくなっている……。

第二十九場　同前、花婿

花婿　（勢いよく戻ってくる）
朝焼けから血が出来てる。
こういう血の縄が一本クラクフの上へ
長く延びてるんだ……血のような紅（くれない）が。
まるでズィグムントの塔が
二方向に口髭を生やしてるみたいにさ。[194]

第三十場　同前、花嫁

花嫁　（勢いよく戻ってくる）
巨大な鳥が飛んできて、
彼所（あこ）の張出（だす）玄関の上に止まったが。
すっごいデカ鴉（がらす）やったっちゃ。
その後で、翼の重さから
浮き上がって、飛び上がって、また落っこつて、
白樺の枝をボキボキ折って、

夜露の濃い雨を降らせて、
行ってしもうたっちゃ……！

第三十一場　同前、主婦

主婦　（転がり込む）

　絶対に駄目や!!!

あんた達(らっちゃ)は何(なん)をしたいがけ⁉　あんた達(らっちゃ)は何(なん)

　をしたいが⁉

何(なん)で大鎌を取ったが。

（チェピエッツに）

行かっしゃい、おっちゃん、こっち、土間へ。

あんた、一晩中眠っとらんがいから。

カペ　おらっ達(ちゃ)がどんどん詰め掛けとるが。

第三十二場　同前、大勢の百姓たち、大鎌や他の武器を持って旅支度のような身なりをしている

主婦　頼むわ、勘弁して！　神様、お護りください！
誰があんた達(らっちゃ)に大鎌を握らせたが⁉

チピ　武器をや!!

おっ母(か)さん、今日は放っといてくれっしゃい。

おらっ達(ちゃ)は行かんといかんが。

主人　俺たちは行かんといかん。
何かが見え掛けてる。……野外(そと)では夜が明け掛
　けてる。
全員が何かの奇跡を見てる。
夢……夢、即ちおとぎ話……考え、即ち毒麦[195]！
去れ、毒麦め、雑草め、去れ……。
事を推理すればいいんだよ――
誰かが来た……命じた……何を……？

詩人　（主人に）
　どうした、兄さん、

花婿　痛みが中で暴れてるのかい。
（花嫁に）
霧がもう今に、野畑から棚引いてくよ。
素敵な朝になるぞ……。ヤガ、
昨日は大風、嵐だった。
今日はすっかり雲が晴れてる。
俺の魂よ、お前はもう俺のものだ。

詩人　（主人に）
俺には夜、霊が現れたんだ。
その身に黒い甲冑を着けてた。
すごく激しく俺を襲って、
言葉を、すごい言葉を叫んでたよ。
俺は思い切り耳を澄ましてた。

主人　（詩人に、だが全員に聞かれながら）
すごく頭が重い、重いぞ。
朝の空気に吹かれたんだな。
なぁ、お前、本当か――
あそこの奴ら、何か空中の歌みたいなものが

どこからか聞こえるって？

詩人　あるいは、大風の中で鬼どもが
歌っていて、雲に血を
撥ね掛けてるのかも……？

花婿　空に動きが。

主人　（詩人に）
耳を澄ました、そう言ったな……。
あのな……どこからか俺はその言葉を知ってるんだよ。

「澄ます……耳を澄ます」

第三十三場　同前、ハネチカ、ゾシャ

ハカ　（花婿に）
兄さん、空に何かの動きが、
何かの戦争が、何かの怪異が――
それこそ、雲居の馬上槍試合が。

ゾシ　でも空気はすごくいい香り……。

ハカ　空にまたがる馬上槍試合よ。
どういうのか巨大な騎士たちが
二列にまっすぐ並んで立ってて、
そして遠くまで続く長柄の穂波で
勢い激しく互いを目掛けていくのよ。

花婿　で、これが錯乱と紙一重だ。
幻覚がこんなに、怪異がこんなに。
人間の常さ、何からでも
意味ある物を紡ぎ出すだろうさ。

ハカ　（チェピェツに）
わぁ、なんて大振りの大鎌なの、
おじさま、こんなに高々としてる。
これなら大空を、亜麻の布切れみたいに
いくつにも裁ち切れそうね。

チピ　空を切り捲るなんて、あって堪るか。
誤解を招きそうな話や。
おらっ達（ちゃ）の困窮するときに、
冒瀆のじゃなく、闘志（す）の大鎌が現れるんや。

ハカ　お嬢さんは賢（さか）しいだけなが。
まだ何（なん）も大鎌のことは知（す）らんがいっちゃ。
あなた達って誰のことよ、おじさま方。
私にもそれを持たせてちょうだいよ。

チピ　これはもうお嬢さん向けではないが。
別の案件なが。

主人　（詩人に、だが全員に聞かれながら）
　　案件、案件！
霊だよ！……神によって……霊……推理してる
　んだ——
あの夜はあった、つまり妙な現（うつつ）は……。
俺に客があった……誰が予想できる？……
魂狩りがあったんだよ。

詩人　俺は甲冑の騎士を見たんだ。
霊だと言うんだね、兄さん！

主人　　なぁ、お前、
霊が飛んできたんだよ……あのなぁ、みんな！
目にはまだ、彼が影のように立ってる。

思い出す、思い出す――
老人、白鬚の、
白髪で包まれた顔、
赤い巨大な羊皮外套を纏って
彼がここへ来た。

スシ　（部屋に密集した百姓や村女の集団を掻き分け、主人の方へ抜け出した）
　乗ってきた。おらは知（す）っとる。
こいつと一緒に馬を掴んどった。
馬は白かった。

クバ　（スタシェクのすぐ後で）
　鞍には竪琴（リュラー）が。

主人　考えを集中してる。耳を捩じ込んでる……。

詩人　鞍には竪琴（リュラー）が……。

スシ　　拳銃も二丁。

主人　脳がちくちくする――棘みたいに。
考えを集中してるんだ……。

チピ　（主人を囲む集団に）
　考えを集中しとるっちゃ。

主婦　大変や、何（なん）か病気け……。

主人　楽になった。夢魔が胸から落ちたんだろ……。
聞いてくれ……耳を澄ましてくれ。
私の所に霊が来た――ヴェルヌィホラが！

全員　何だって、魂飛魄散?!

主人　彼は夜、館々（やかた）を飛び回ってたんだ。
穏やかで、妙に力強くて、
私に命令を、合言葉をくれた。
こうした案件には熱心で、
彼の中の意力、力は何も消えてなかった。
急いでいて、すぐに飛んで出ていった。
数多くの館を回るはずで、
この時分までに戻ってくるはずだった。

全員　この朝に?!

主人　　この朝に。

全員　それで命令って何……?!

主人　　送られた檄さ。

詩人　（大鎌農民兵たちに向かって）
何てこった、それじゃあんた達が檄の者？

チピ　人っちゅうのは様々なが。
おらっ達（ちゃ）は小僧らから聞いて知（す）っとる。
あの痩馬（ガリ）が中庭に居（お）ったとき、
鞍下（すた）に掴まっとったがいから。

スシ　奴は暴れたと思ったら、蹴っとった。
おらっ達（ちゃ）は両手で馬勒を掴んどったが。
おらとクバの面（つら）を殴り付けたがいぜ。
あんな痩馬（ガリ）どもに乗っとって、何（なん）が旦那や！

主人　ヴェルヌィホラだよ！……ヴェルヌィホラ！
夢から覚めたぞ……。
彼は武器を命じた……武器を取れと命じたんだ！

詩人　飛んでいけと?!
いや……この場に立っていろと。

主人　鶏が鳴くのを待てと。
澄ませ、耳を澄ませと——
街道にクラクフからの動きが聞こえ始めるまで。

主婦　（隣の部屋から）
内庭に民があんなにも。

花嫁　（扉口で）
みんなが仲間！

主婦　（隣の部屋から）
トニェ村[196]の者（もん）らも居（お）るっちゃ。
クラクフ辺りの広野は一面、
民で一杯、大鎌で一杯や！

詩人　何かの錯覚だろ。

主人　何かの運命だよ。

詩人　何らかの魂の呼び声か。
そんなに長い静寂（しじま）の中で俺たちは生きてるんだ。

花婿　何かの閃きが、何かの音が。

詩人　何かの心が声を上げて叫んでるんだ。

チピ　お！　旦那が聞いとる！　お！　旦那が柔らかなった！

詩人　聞くさ、聞くさ、それが何のはずなのか……？
主人　蹄音(つまおと)が、疾走が聞こえるはずなんだ。
詩人　馬の蹄音(つまおと)が。
ハカ　　誰が来るの？
主人　ここにじゃなくて、街道に
白髪の老竪琴(リュラー)弾きが乗り込んでくる。
ハカ　ヴェルヌィホラ老人が乗り込んでくるの⁉!
主人　そして竪琴(リュラー)で作地に十字を切るんだ……。
そのとき頭を下げないといけない。
その後で馬に乗る。
詩人　　そして駆ける！
主人　分からん……その後に何が……謎だ……。
その後で夜明けが……。
詩人　　まだ闇だよ、暗いよ。
まだ夜明けは遠いさ。遠くで
朝焼けの照り返しが燃え出してて、
夜明けは……。
チピ　　三番鶏が鳴くはずや。

主人　そう、合図としてな。
詩人　　あれら雲の幽霊たちは
意味があるのか？　……？
主人　　あるさ！　幽霊たちだ！
花婿　雲の上に砂丘が膨れ上がった。
静まった。騒めきが起きたぞ。
詩人　聞くんだ！
チピ　　聞くんや。
ハカ　　　聞くんだ。
主人　　　　何をだ……？
花婿　(窓際で聞き入って)
何かの疾走をさ、俺の耳が正しければ……
それが来てた、けど、梨の果樹園に絡み込んだ。
木々が囚(とら)えて放さないのさ。
詩人　(全体が静寂の中で)
　蠅の羽音だろ。
立葵(たちおあい)の乾いた枯れ茎の上へ
明け方の騒めきが鳴ってるんだよ。

主婦　（囁く）
順番に跪いた。民の群れやわ。
彼所、中庭の方を見てみぃ。

花嫁　（歓声を上げて）
どんどん新しい者が、どんどん新しい者が!!

ハカ　（主人とチェピェツの間で。涙声で）
彼は独りで、それとも誰かと一緒に
来るの？……誰か彼といるの？……？

主人　額突いて拝礼するんだ。
彼は大天使と来るはずだから――
街道から、クラクフから……。
城では、チェンストホヴァの
元后[197]が待ってるんだよ。

詩人　兄さん、霊が！

主人　立ててるんだ、耳を立ててるんだ。

ハカ　何ていうこと、聞こえる！

主婦　どこにけ？

花嫁　彼所、遠く、聞こえる。

花婿　どこにだ?!

詩人　（小声で）
木から乾いた葉が落ちたんだ。

花婿　（囁き声で）
風は吹き止んだじゃないか。

詩人　果樹園から二羽の鴉が
飛び立ったのさ。

花婿　庭から果樹園へさ。

花嫁　畑まで行くためや！

主人　静かに！

ハカ　しっ！

主婦　（沈黙の中）
何か聞こえるんでない……？

詩人　（手を耳元で丸め、頭を兄の胸へ傾けた）
夜明けだ！

主人　聞こえる、聞こえる……。

詩人　（自信ありげに、掌を耳に添えて）
大きな霊だ！

澄ますんだ、耳を澄ますんだ。
聞こえるぞ。

主人　うるさい！

花婿　（小窓のガラスに耳を添えて）
誰かが疾走してる。

ハカ　（前を見入ったまま、両掌で顔を覆いながら）
ゾシャ、ゾシャ、神様にお願いして。
来てるのよ！

ゾシ　蹄を打ってる！

主人　来てるんだ！

詩人　駆けてる！

チピ　（全身を耳にして）
百頭ほど、百頭までの馬群やろう。

主婦　蹄を打っとる。

カペ　来とる。

花嫁　響かせとる。

詩人　疾走してる！……

主人　しっ……夜が明ける、夜が明ける、朝焼けだ！
ほぼ明るい……あれは**彼**だ……神よ！
彼だ、**彼**だ……しっ……ヴェルヌィホラだ。
頭を下げて拝礼を。生きた真実、
幽霊、**霊**、真の**幻**だ。

詩人　夜明けが洋琵琶（リュート）を奏でてる……。

花婿　蹄を打ってる。

花嫁　来とる。

主婦　蹄を打っとる。

チピ　……疾走しとる。

（全員が聞き入り、扉や窓へと身を傾けている——
深い静寂の中、一心に）

主人　————。[198]
聞いてくれ、お前さん方、子供たち……。
これが真実でありますように——
ヴェルヌィホラがあそこで
天使を、**大天使**を先頭に飛ばしているということが。
今夜、私たちが音楽に、婚宴に浸っていたとき、

私たちが踊っていたとき、
あちら、どこかでは、実に多くが起こったということが。
すなわち、クラクフが火に燃え、
王冠を被った**神の母**が
ヴァヴェルの城の玉座に坐って
決議文を書いているということ。[199]
全国を駆け巡り、
何千もの人を目覚めさせ、燃え立たせるだろう書状を。
聞いてくれ。心臓が喘いでる。
これが真実でありますように——
ヴェルヌィホラがあそこで、そして彼の後を
馬が群れをなして飛ばしていることが！

花婿　どんどん近くに？

詩人　跪くんだ!!

チピ　……止まった。棹立った。

主人　どうやら全力で制したようだ。

ハカ　（恍惚として）
これが**大天使**であったなら。
……………………。[200]

（全員が身を傾け、半ば跪き、聞き入ったまま。大鎌を右手にひしと握りながら。あるいは、壁から掴んだサーベルを持ちながら。あるいは、何かの小銃や拳銃を。その聞き入った様子は、魂が恍惚としているよう。掌は耳に寄せられている。……実際、蹄音が聞こえていた。それは突然近くなり、だんだん近くなり……すぐそこで止んだ。……程なく重い足取りが聞こえ、速く、荒っぽく、土間へ、隣の部屋へと、ついには奥の扉口に第一添い婿が立つ）

第三十四場[201]

ヤク　マリシャ、旦那、旦那……何ちゅうこっちゃ！
馬が内庭で倒れてしもうた。

（見回しながら）
お前っ達どうした……ハンカ……ヤガ……おい。
お前っ達どうした、どうしたが、ヤガ……なぁ。
――――――。[202]
どうしたが、何なが、呪いに掛けられたんけ。
全員眠り込んだみたいに立っとるっちゃ。
聞こえれ、ハンカ、ブワジェイさん、おっ母、
花婿さん、チェピェツ、お父、
旦那、どうしたが……[203]呪いに掛けられたんけ。
全員眠り込んだみたいに立っとっちゃ。
――――――。
ああ。本当や、正真正銘の。
俺が角笛を鳴らすはずやったねけ。
どこやちゃ、またやちゃ、つまり、失くなった
がけ。
つまり、どっかで解けてしもうたがけ……。
金の角笛をどこやらに忘れてきてしもうた。
残ったのは紐だけや。

――――――。
（奥の部屋から、先刻より、藁でできた藁ぼっちが入ってきており、身を揺らしながら、ヤシェクの後を追っている）

第三十五場

藁ぼ　……………………。[204]
羽根の帽子が落ちたとき。
ヤク　あんときは、その帽子を取ろうと屈んだっちゃ。
そんときに、解けてしもうたかもすれん。
藁ぼ　持ってたろ、百姓よ、金の角笛を。
持ってたろ、百姓よ、羽根の帽子を――
帽子は頭から風が飛ばしたな。
ヤク　あの孔雀の羽根束のせいや。
藁ぼ　お前に残ったのは紐だけ。
ヤク　どっか像の傍の辺りで見つけられるっちゃ。
藁ぼ　像の元には誰やら立ってた。[205]

ヤク　分かれ道で脅かすがは…………。

これって、鳴いとったけ？　鶏が鳴いとらんかったけ？

（動かぬ集団を掻き分けて抜けながら、婚宴の扉から走って出ていく。……土間で彼の足取りがコツコツと聞こえる。……一旦考え込んだかと思うと、さらに走っていく。……彼の後を追って、人にぶつかる度に藁の擦れ音を立てながら、藁ぼっちが揺れていく）

（果樹園から、畑地から、青い照り返しのように射し込むサファイア色の光の中を……明け方の鳥たちの囀る声が飛び込んでくる。この空色の光が、あたかも魔法を使ったかのように、部屋を満たして、色彩の遊戯が、夢見半分、恍惚半分で身を傾ける人々の上に。……奥の扉を通ってヤシェクが戻り、周囲を見回し、目を疑い、そして恐怖のあまり次第に蹌踉めきながら歩いていく）

第三十六場

ヤク　もう夜明けや、もう夜明けや……。
ここは牛どもに餌を持っていかんと。
切り藁を刻まんと。喰い物を炊かんと……。
どうやって俺がこなせるっていうがいちゃ——
彼らは夢の中で……俺は独りだけで……？
——。
何も彼もこうやって開けたままで……
何も彼も耳に手をやって、
彼らは魂の息が詰まったんや。
木みたいに地面の中に生えてしもうて、
どうやって、何を、ここで彼らに教えてやればいいがいちゃ……？
——。
金の角笛をどこやらに忘れてきてしもうた——
もすかしたら、分かれ道の所で。
帽子はえらい風が吹き飛ばすたが——

あの孔雀の羽根束のせいで。
せめてあの角笛でも持っとればな……。
俺に残ったのは紐だけや。
————。
彼ら、えらい悲しがったんや。
額を皺（すわ）が綴じてしもうた——
まるで懸命に働いとったみたいに……。

第三十七場

（奥の扉を通って、先刻より、ヤシェクの後を追う藁ぼっちが入り込んでいた。今や、柄入りの櫃を覚束なげに上まで登り切り、櫃から添い婿に向けてこう始める）

藁ぼ　それは、彼らを**怖さ**と**恐れ**が捕らえたんやちゃ。
霊の声を聞いたんや。

ヤク　**運命**が彼らの上に広がったんやちゃ。
こんなに苦しんどっちゃ。汗が流れとっちゃ。

青白（ずろ）さが顔を覆っとるっちゃ……。
どうやってこの苦しみから彼らを解放してやればいいんや？

藁ぼ　彼らの手から大鎌を全部抜き取れ。
サーベルを腰の枷から全部外せ。
すぐに彼らの**悲しさ**は去るやろう。
彼らの額に丸印をしろ。
ヴァイオリンをおいらの手に貸せ。
おいらが自ら音楽を始める。
上手く弾くんやぞ、上手く弾くんやぞ。

ヤク　（すでに事を終えていた）
どこにこの大鎌を置けば……？

藁ぼ　隅に。

ヤク　（長柄をストーブの後へ放り込む）
誰（だん）もあれらをここから見つけんやろ。
火打石からは火薬を全部払い落して、206
地下の倉に放り込んどけ。

藁ぼ　左の足は後ろへ引っ張れ——

大きな円を靴で描け。
手はこんなふうに組んでやれ――
二人ずつ互いに脇腹を掴み合うように。
お祈り[207]を唱えろ、ただす反対から。
おいらが自ら音楽を始める。
上手く弾くんやぞ、上手く弾くんやぞ――
一年中、彼らは踊り続けるやろうな。

ヤク　（すでに全部の事を終えていた）
もう大鎌を持っとらんっちゃ。

藁ぼ　彼らの鼻先で大笑いしろ。

ヤク　もう彼らの悲しさは去った。

藁ぼ　もう枷をしとらんぞ。

ヤク　踊りのために掴まり合うとるっちゃ。

藁ぼ　もう傷を感じとらんぞ。

ヤク　魔法が消えたっちゃ！

藁ぼ　　これがもう一つの魔法や！
（呪いの掛かった藁のお化けは、添い婿が差し出した棒切れをぎこちない指擬きに把ると……ヴァイオリン弾きの楽士さながらに勝手に始める――と――まるで青い大気から流れるような婚宴曲が聞こえてくる。静かだが弾むような、自分のものだが心を惹き付けて魂を眠らせるような、のんびり朦朧としているが血の泉のように生々しい音楽。鼓動の拍子が一定でなく、新鮮な傷口のように血を流す音楽。それこそ、ポーランドの土壌で痛みと陶酔に育まれた旋律的な音である）

ヤク　（今や満足しながらも驚いている）
ペアがこんなに、ペアがこんなに！

藁ぼ　踊れよ、馬小屋劇全体が踊ってるぞ。
それとも、作男としてお前は居るか？

ヤク　（片手を額に持っていく、まるで帽子を耳まで被ぶろうとするように）
どっかで帽子がなくなったんやった……。
俺は添い婿やねけ、俺は添い婿やねけ。
添い婿にあるがは、帽子を被っての役目やろ。

藁ぼ　（拍子を取って身を傾けながら、伴奏する）

あったろ、権兵衛、金の角笛（ふえ）。
あったろ、権兵衛、孔雀の帽。
帽子は風が運んでく。
角笛　森に響いてく。
お前に残ったのは紐だけ。
お前に残ったのは紐だけ。[208]

（雄鶏が鳴く）

ヤク　（まるで突かれたように、正気に返りながら）
何（なん）ちゅうこっちゃ！　何（なん）ちゅうこっちゃ！　鶏が鳴いたっちゃ！……
おい、おい、兄弟、馬を掴まっしゃい！
武器を掴まっしゃい、武器を掴まっしゃい!!
ヴァヴェルの王宮がお前っ達（ちゃ）を待っとるが!!!!!

藁ぼ　（拍子を取って身を傾けながら、伴奏する）
お前に残ったのは紐だけ。
――――。[209]

ヤク　（声が嗄（しゃが）れるほど叫んで）
あったろ、権兵衛、金の角笛（ふえ）。
武器を掴まっしゃい、馬を掴まっしゃい!!!!

（婚宴曲の奇妙な音の後に付いて、多数の、無数のペアが踊りの歩を進めていく。それは緩やかで、堂々として、穏やかで、晴れやかで、ほぼ静かで――辛うじて、硬く糊付けされたスカートがざわざわと、長い飾紐（リボン）がさらさらと、光り物の付いた飾り冠がちりちりと音を立てる……。重い靴が低く床を踏み鳴らす……。彼らの踊りは大人数のために、混み合い、互いがぎゅうぎゅう擦（こす）れ合いながら、密な輪でテーブルを周っている）

ヤク　何（なん）も聞こえとらんちゃ、何（なん）も聞こえとらんちゃ。
演奏だけや、演奏だけや。
何（なん）かの眠りが彼らを掴まえてしもうたが……?!

（絶望で彼の息は詰まり、恐怖心と恐れで彼は麻痺状態に襲われる。蹌踉（よろ）めき、虚しく断ち切ろうとした踊り手たちの固い環に跳ね返されて、地面へと屈み込む。……低い音の後に付いて、厳かな、緩やかな、踊りのペアたちが頑なに歩を進め、晴

れやかな花環を作っている——密な、婚宴の輪となって）

——。

（雄鶏が鳴く）

ヤク （正気を失って）

鶏が鳴いとる。へっ、鶏が鳴いとる……。

藁ぼ （絶え間ない音楽で圧倒するように）

あったろ、権兵衛、金の角笛（ふえ）……。

——。

第三幕を閉じる農村音楽のモチーフ

注

1　人物：一九〇〇年十一月二十日に詩人ルツィアン・リデル（一八七〇〜一九一八）の婚宴に参加した実在の人物たちがモデル。彼らの名、職業や肩書、続柄や相互関係、経歴、さらに当時の年齢や境遇は、ほぼそのまま戯曲中に反映されている。ただし「浮浪爺」「司祭」「楽師」のモデルは不在（あるいは不明）。詳しくは解題参照。

2　劇中人物：実在の「人物」に対する想像上の「劇中人物」。ただし「藁ぼっち」を除いてすべて歴史上の人物がモデル。

3　藁ぼっち：灌木に施される冬囲い。灌木全体を藁で巻き包んだもので、しばしば上部を縛った縄の上に余った藁が髷状あるいは房状にはみ出している姿は、どことなく人あるいは人形を思わせる。日本語では「藁囲い」「藁巻き」とも呼ばれる。

4　幽霊：モデルは、ポーランドの画家ルドヴィク・ド・ラヴォー（一八六八〜九四）。クラクフ美術学校、ミュンヘン美術院で学んだ後、パリに移住。ブロノヴィツェ・マウェ村での戸外制作の際に「マリシャ」のモデル、マリア・ミコワイチクと知り合って婚約するも、パリで結核により客死。

5　スタンチク：モデルは、ヤギェウォ朝最後の三国王（アレクサンデル、ズィグムント一世老王（スタルイ）、ズィグムント二世アウグスト）に仕えた宮廷道化師スタンチク（一四七〇頃〜一五六〇頃）。その辛辣かつ的を射た言で早くから有名だったが、三国分割下のポーランドでは、物怖じせずに祖国の運命を案じた賢者として見なされるようになる。「スタンチク」は、彼の名「スタニスワフ」の愛称とも、彼の姓とも言われる。

6　総司令官（ヘトマン）：モデルは、ポーランドの大貴族（マグナト）フランチシェク・ブラニツキ（一七三〇〜一八一九）。王冠領大総司令官（ヘトマン）（一七七四〜九四）を務めたが、売国的なタルゴヴィツァ連盟（一七九二）の主導者の一人として、祖国にロシア軍を引き入れ、第二次ポーランド分割（一七九三）を招き、ポーランド滅亡（一七九五）の原因となった。第二次分割後のコシチュシュコ蜂起（一七九四）の際には、蜂起軍の最高刑事法廷によって「祖国への裏切り」の罪で死刑を宣告されるも、不在だったために肖像画が絞首台に吊るされ、死刑が執行された。

7　黒騎士：モデルは、ポーランドの騎士ザヴィシャ・チャルヌィ（一三七〇頃〜一四二八）。馬上槍試合では無敗を誇り、騎士の鑑として生前から尊敬と信頼を集めた。ポーランド国王ヴワディスワフ二世およびハンガリー王（後、神聖ローマ皇帝）ジギスムントの許で優秀な外交官としても活躍。

8 吸血鬼：モデルは、ポーランドの農夫ヤクプ・シェラ（一七八七〜一八六六）。タルヌフ市とジェシュフ市の中間に位置する村スマジョヴァ（現スマルジョヴァ）の出身で、ガリツィア大虐殺（一八四六）の指導者。大虐殺の後、オーストリア＝ハンガリー帝国政府から恩賞として三十モルゲン（約十七ヘクタール）の農地をブコヴィナ（現ルーマニア領）に与えられるも、常に監視下に置かれ、そのまま当地で没。

9 ヴェルヌィホラ：モデルは、十八世紀のウクライナ・コサックの詩人にして竪琴(リュラー)奏者ヴェルヌィホラ。伝説上あるいは半伝説上の人物。ポーランド貴族によるウクライナ農民の迫害とその結果としての武装蜂起（一七六八年、コリーイの乱）の時代に、ポーランドの分割と再生を予言したとされる。

10 低音提琴(バセトラ)：ポーランドの民族楽器。二弦から四弦の擦弦楽器で、チェロとコントラバスの間の大きさ。

11 孔雀の羽根飾り：クラクフ地方の民俗服。男性用の帽子に付いている羽根飾り。

12 郷民大襟長外衣(キェレズィア)：クラクフ地方の民俗服。「カラズィア」とも。男性用の外衣で、膨ら脛までの丈。全体が褐色。刺繍を施された大きな襟は、肩を覆って垂れ、後部も背中に大きく垂れている。

13 郷民長上衣(カフタン)：クラクフ地方の民俗服。男性用の長上衣で、膝までの丈。全体が紺色で、赤い縁取りが施され、房飾りや金属ボタンなど縫い付けられている。寒冷期にはキェレズィアなど外衣を上に重ねる。

14 郷民上衣(カバト)：クラクフ地方の民俗服。男性用または女性用の上衣で、腰までの丈。男性用は郷民長上衣(カフタン)の代わりに着る。女性用は「カフタン」「カタナ」とも呼ばれ、主に既婚女性が着る。色は様々で、刺繍や房飾りや光り物などで装飾されている。

15 マテイコの『ヴェルヌィホラ』：ポーランドの画家ヤン・マテイコ（一八三八〜九三）の油彩画。マテイコは、ポーランド史やポーランド王家に取材した歴史画を多く描いた。彼が校長を務めていたクラクフ美術学校で、ヴィスピャンスキも学んでいる。ヴェルヌィホラは戯曲の「劇中人物」の一人。

16 マテイコの『ラツワヴィツェ』：マテイコの油彩画。コシチュシュコ蜂起（一七九四）の最中にロシア軍の大砲を奪取した、ヴォイチェフ・バルトシュ・グウォヴァツキ（一七五八～九四）率いる農民兵が将軍タデウシュ・コシチュシュコ（一七四六～一八一七）を迎える場面を描く。

17 帝政様式（アンピール）の小卓：十九世紀初めにナポレオン一世（一七六九～一八二一、在位一八〇四～一四）治下のフランスで流行した装飾様式で、工芸や建築に顕著。

18 オストラ・ブラマ聖母像：リトアニアの首都ヴィリニュス（ポーランド語名はヴィルノ）にある「夜明けの門」（ポーランド語で「オストラ・ブラマ」）内の礼拝堂に収められた聖母マリア像。様々な奇跡を起こすと信じられている。

19 チェンストホヴァ聖母像：チェンストホヴァ市のヤスナ・グラ修道院にある聖母マリア像。「黒い聖母」としても知られる。十七世紀、スウェーデン軍から祖国を守る奇跡を起こしたとしてポーランド人の信仰の支柱、愛国心の象徴となる。

20 神の言（ことば）：建物の新築時に、梁などに聖書の引用句を刻む習慣があった。

21 事は千九百年に起こる：詩人ルツィアン・リデル（注1）の婚宴は、一九〇〇年十一月二〇日から三日間にわたって開かれ、戯曲が描くのはその二日目（十一月二一日）。

22 中国人（ずん）らは負けんと頑張っとるけ!?：義和団の乱（一九〇〇～〇一）のこと。当時ポーランドのガリツィア地方を併合していたオーストリア＝ハンガリー帝国も欧米列強の連合軍に参加。清朝との戦闘自体は一九〇〇年八月に終結したものの、連合軍はその後も義和団の残党掃討戦に参加。その経過はヨーロッパのマスコミで連日報じられ、「記者」のモデル、ルドルフ・スタジェフスキ（解題参照）が勤めるクラクフの『時（チャス）』紙でも、欧米各国の大手新聞からの引用で構成された「中国情勢」がほぼ毎日掲載されていた。「チェピェツ」の言葉は、婚宴の時点（十一月二一日）で義和団の抵抗運動が続いていたのを知っていたことを示しており、実際「チェピェツ」のモデル、ブワジェイ・チェピェツ（解題参照）は新聞を読むために度々クラクフまで通っていた。

23 戦争：日清戦争（一八九四～九五）のこと。当時ポーランドのガリツィア地方を併合していたオーストリア＝ハンガリー帝国も、他の欧米列強ともに、日本を含む東アジアに監視部隊を送っていた。

24 ポーランドの村が（……）平和でさえあれば。：ポーランドのルネサンス期の詩人ヤン・コハノフスキ（一五三〇～八四）による連作歌『夏至祭の歌』中の「十二番目の娘」への言及。歌では「平和な村よ、愉しい村よ／誰の声ならあなたを称へ得るでせうか？」（関口時正訳）となっている。

25 グウォヴァツキ：ヴォイチェフ・バルトシュ・グウォヴァツキ（注16）は農民出身で、コシチュシュコ蜂起（注16）における英雄。大鎌で武装した農民兵として活躍し、ロシア軍の大砲を奪取する戦功を上げ、将軍タデウシュ・コシチュシュコ（注16）から士官の称号（クラクフ擲弾兵連隊の准尉）を受ける。後世、祖国独立戦争への民衆参加の象徴となる。

26 ローエングリン：アーサー王伝説に登場する「円卓の騎士」パーシヴァル卿の息子で、ドイツの作曲家リヒャルト・ワーグナー（一八一三〜八三）のオペラ『ローエングリン』の主人公として有名。オペラでは、ブラバント公国のエルザを助けに現れ、白鳥が引く小船で登場する。第三幕のエルザとの別れの場面でローエングリンが白鳥に歌うアリアは、十九世紀末とりわけ人気があった。

27 人はそれぞれ自分の蕪を剥く：「人は誰しも自分のために行動する」の意の諺。

28 マルチン後の苔桃みたくな。：聖マルチン（マルティヌスとも。四世紀のキリスト教司教）の聖名祝日である十一月十一日の後には、森のベリー類（苔桃など）が萎びて枯れてしまうことから、ポーランド語で「年老いて皺くちゃである」ことを冗談に「聖マルチン後の苔桃のように若い」と言う。

29 ポーランドという馬小屋：イエス・キリストが誕生したベツレヘムの「馬小屋」にポーランドを例えたもの。ベツレヘムの馬小屋に、神と聖人、家畜たち、天使たち、羊飼いたち、東方からの三王が一堂に会した（そして平和であった）ように、ポーランドも富貴貧賤が一つの「国」に集まっているということ。加えて、馬小屋＝村（町ではなく）、ポーランド人＝百姓という連想もある。

30 肩衣：正式には「モゼッタ」と呼ばれる、肘ほどまでの短いマント。司教区への貢献によって司祭が与えられる上位の位階「律修司祭」の衣装。司祭の平服スータン（キャソックとも）の上に羽織る。

31 花冠：花嫁衣裳の一部。花やリボンで飾られた被り物。

32 アモール：ローマ神話に登場する愛の神クピードー（キューピッドとも）の別名。ギリシャ神話のエロースと同一視される。女神ウェヌス（ヴィーナスとも）と軍神マールス（マルスとも）の間の息子。

33 勤務中の女王付き小姓（キアゲハ）：蝶のキアゲハは、ポーランド語で「女王付きの小姓」と呼ばれる。ここでは、連想から連想へと間髪入れずに移る掛け合いの中での言葉遊び。

34 どうやって別個のスタイルが〜女性とは神秘なり。：多層的な連想を含む言葉遊び。社交的恋愛（ガランテリ）、矢、女性のファッションとの連想が同時に込められている。「届か」ない、「傷付け」ないのは、矢だけでなく、社交的恋愛（ガランテリ）の手段も同じ。「肘」は、女性の肘鉄だけでなく、布地（ここではリボン）を測る長さの単位でもある。「矢」も長さの単位で、「大きな肘」とも呼ばれる。「リボン」は、勲章をも意味する。しかも、表現形式を追求すべき「詩人」が「別個のスタイル」を語ることにも不思議はない。

35 おとぎ話みたいにカラフルな女（ひと）ですな！：ポーランドの作家セヴェル（一八三五〜一九〇一、本名イグナツィ・マチェヨフスキ）の小説『おとぎ話のようにカラフルな女（ひと）』（一八九八）を踏まえての表現。小説は、「主人」と「主婦」のモデル、画家ヴウォジミェシュ・テトマイェル（解題参照）と農家の娘アンナ・ミコワイチク（解題参照）の結婚（一八九〇）に取材したもの。

36 ヤガ：ヤドヴィガの愛称。「花嫁」のモデルの名前は、ヤドヴィガ・ミコワイチク（解題参照）。

37 コルセット：クラクフ地方の民俗服。女性用の袖なしの上衣（つまり下着ではない）で、未婚女性が着る（地方によっては既婚女性も着る）。様々な刺繍や光り物の装飾が施された、色彩豊かな晴れ着。既婚女性はコルセットの代わりに郷民上衣（カバト）（注14）を着る。

38 織物会館（スキェンニツェ）：クラクフ旧市街の中央広場の真ん中に今も建つ商業施設。元々は、その名の通り、織物の売買が多く行なわれていた。その歴史は十三世紀半ばまで遡り、幾多の増改築を経て、十九世紀にほぼ現在の形となった。

39 スフィンクス：複数の神話に登場する怪物。ライオンの体と人間の顔を持つ。ギリシャ神話では、旅人を捕らえては謎を出し、答えを誤った者を食べたという。

40 メドゥーサ：ギリシャ神話に登場する怪物。ゴルゴーン三姉妹の末妹。頭髪は毒蛇で、彼女を見た者を眼力で石に変えたという。ここでは「恐怖を起こさせる者」の喩。

41 プシュケー：ギリシャ神話に登場する人間の娘。愛の男神エロース（前出の「アモール」すなわちローマ神話のクピードーと同一視される）の恋人。後にゼウスによって女神となったプシュケーは、蝶の羽を持つ者として描かれることが多い。ここでは「人間の魂」の喩。

42 幸運の女神（フォルトゥナ）：ローマ神話に登場する女神。「運命の輪」を司り、人々の幸運を決めるという。

43 金羊毛：ギリシャ神話に登場する秘宝。翼を持った金色の羊の毛皮。この金羊毛を手に入れるために、英雄イアソンは五十人の勇士とともに巨船アルゴー号で探検に出る。

44 パルカエ：ローマ神話に登場する三女神。分担して人間の運命を司り、運命の糸を紡ぎ出す女神ノナ、個々人に割り当て（寿命）を決める女神デキマ、糸を断ち切る女神モルタがいる。

45 モーセ君：原文はヘブライ人の名前「モーセ」の愛称形。ただし実際に「モーセ」が「ユダヤ人」の名前かどうかは不明。むしろ、ここでの「花婿」の語り口は、ユダヤ人についてのジョークや小話（主人公は常に「モーセ君」と「イザーク君」）の語り出しを思い出させる。ちなみに、「ユダヤ人」のモデルの本名は、ヒルシュ・シンゲル（解題参照）。

46 ラヘラ嬢：「花婿」は「ラケル」の名をポーランド語風に「ラヘラ」と呼んでいる。

47 郵便局にでも彼女を入れようかしらん。：当時、オーストリア＝ハンガリー帝国の領内では、郵便局が女性の働ける唯一の公共機関だった。

48 プシビシェフスキ：ポーランドの作家スタニスワフ・プシビシェフスキ（一八六八～一九二七）のこと。「若きポーランド」時代の文学の牽引者で、デカダン派。ドイツ語とポーランド語で執筆。ベルリンで名声を得た後、一八九八年にクラクフに移住し、ポーランドでも人気を得る。当時のクラクフでは「プシビシェフスキ趣味」と呼ばれる傾向（性的倒錯、サタニズム、精神病などを好んで取り上げる）が文壇を席捲していた。

49 ボッティチェッリ風：原文はフランス語「à la Botticelli」。イタリアのルネサンス期の画家サンドロ・ボッティチェッリ（一四四五～一五一〇）の画に描かれた女性たちの髪型を模倣し、髪を頭の真ん中で分け、後頭部の低い位置で団子状に束ねる髪型が、当時流行していた。

50 今晩は：原文はフランス語「bon soir」。

51 主人宅の食器：彼らは食器が並んだ（食後に片付けられていない）テーブルの傍で話している（「舞台美術」参照）。ただし「主人宅の食器」の語には「家庭（とくに農家）の質草」の意もあり、「ユダヤ人」を前にした言葉遊びあるいは当て擦り（前場参照）。直前の「引き取る」も同じく、暗夜だから「身を寄せる場所を与える」という意にも、質草を「手元に置く」という意にもなる。

52 夢幻劇みたいな～アンサンブルね。：原文は「夢幻劇」「アンサンブル」ともにフランス語。夢幻劇は十九世紀のフランスで発達した舞台芸術で、大規模なオーケストラ、舞台装置、照明に加えて、幻想的、空想的な内容を特徴とする。

53 貴婦人(クイーン)を捨てるよ。:ポーランド語でトランプのクイーンは、「女王」ではなく「貴婦人」と呼ばれる。ラケルを「貴婦人(クイーン)」の札に見立てた言葉遊び。トランプは十四世紀からヨーロッパで普及、十五世紀にほぼ現在の形に定着。

54 ベレロフォン:ギリシャ神話に登場する英雄。ペガソス(天馬)に乗って怪物キマイラを退治した。やがてベレロフォンは慢心し、ペガソスで天まで昇ろうとしたため、ゼウスが馬から彼を落とした。英雄は落下の傷で、足が不自由になり、盲目になったという。

55 ムーサ:ギリシャ神話に登場する文芸の女神。複数(九柱とも四柱とも三柱とも)いるとされるが、ここでは単数形の名詞が使われている。

56 ガラテイア:ギリシャ神話に登場する海のニンフ。イタリアのルネサンス期の画家ラファエロ・サンティ(一四八三～一五二〇)作『ガラテイアの勝利』への言及。画では、頭上で矢を番える天使(つまり愛の男神クピードー、すなわち前出の「アモール」)を、ガラテイアが勝ち誇ったような笑みで見つめている。

57 リンパ質:人間の気質型の一つ。体液の過不足に基づいて気質を分類したもので、ヒポクラテス(紀元前五世紀)以来の四体液説に基づいた分類では「粘液質」とも呼ばれた。血の気が少なく、感情に乏しい、優柔不断で臆病なタイプとされた。

58 自由恋愛:十九世紀末から二十世紀初頭のモダニズムの時代に流行した恋愛観。社会で通用している偏見、強要される慣習から解放された男女関係を謳った。

59 年齢(とし)の正午の鐘を鳴らされている者:「年齢(とし)の正午」は人生の半ば、「鐘」は時報の役目を果たす教会の鐘のこと。「花婿」は(モデルのルツィアン・リデルと同じとすれば)この時点で三十歳。

60 音楽が～石臼の中のように:音楽と石臼の連想は、「花婿」のモデル、詩人ルツィアン・リデルのメルヘン劇『魔法に掛かった水車』(一八九九)に主なモチーフとして見られる。

61 貴男:この呼称(同様に「貴女」も)は貴族(シュラフタ)が互いを呼び合う際のありふれた敬称だが、叔母甥の関係では不自然。戯曲中「ハネチカ」が「市議夫人」を「叔母」と呼び(第一幕三場)、「花婿」を「兄」と呼んでいる(第二幕七場)。実際「市議夫人」と「花婿」のモデル、アントニナ・ドマンスカ(解題参照)とルツィアン・リデルは、従叔母と従甥の間柄で、「ハネチカ」ことアンナ・リデル(解題参照)は彼らの従姪にして妹。不自然な呼称の理由としては、この場で暗示されているように、「市議夫人」が以前は「花婿」に勧めていたらしい結婚を、今になってよく思っていないこと、さらには「花婿」に思い直させようとしているらしいことが考えられる。「市議夫人」の変心の理由は、後場（第一幕三十五場、第三幕十三場）で暗示される。

62 年中歌謡（カンティチキ）：カトリック教会の宗教歌謡、またはそれが本の形で出版された歌謡集。主にクリスマスの時期に歌われるが、他の年中行事の際に歌われる歌謡もある。

63 ホメロスの洋琵琶（リュート）：偉業や勝利を謳い上げる詩情の象徴。ポーランドのロマン主義詩人ユリウシュ・スウォヴァツキ（一八〇九～四九）が詩「アガメムノンの墓」（一八三九）の中でモチーフとしている。

64 「愛する者」（クィー・アマト）：原文はラテン語「qui amat」。「詩人」のモデル、カジミエシュ・プシェルヴァ＝テトマイェル（解題参照）の連作詩「Qui amant」（「愛する者たち」、一九〇〇）への言及。

65 深い第四の壢条（れきじょう）の下：壢条（れきじょう）とは、耕起（鋤き起こし）の際に、引かれていく犂の刃によって切り取られ、反転されて出来上がる帯状の壢土（れきど）のこと。当時、農業の生産性向上を求める気運の中、壢条（れきじょう）四本から成る畝の必要性、四本目の壢条（れきじょう）の重要性について盛んに議論された。「第四の壢条（れきじょう）」の横にできる溝のおかげで畝がより厚く、つまりより深くなり、結果よりよく作物が育つという。

66 ピャスト：ポーランド最初の王朝、ピャスト朝の祖とされる伝説的君主（九世紀頃）。

67 弟さん：「詩人」のモデル、カジミエシュ・プシェルヴァ＝テトマイェルは「主人」のモデル、ヴウォジミエシュ・テトマイェルの実弟。

68 鷹（ソクウ）：十九世紀にスラヴ民族諸国で誕生したスポーツ体育協会。汎スラヴ主義（スラヴ民族の連帯と統一）を理念とする一方で、列強の支配下にあったスラヴ諸国（特にポーランドとチェコ）では国民再生運動と結び付き、健全な肉体と精神を持った民族解放の戦士を育成するという政治的野心も持っていた。ここでは、クラクフにあった支部の建物のこと。

69 プタク：農民出身の政治運動家フランチシェク・プタク（一八五九～一九三六）のこと。一九〇〇年にオーストリア＝ハンガリー帝国議会の選挙が行なわれ、クラクフ管区で立候補した。激しい扇動を含む熾烈な選挙戦の末、プタクはイグナツィ・ダシンスキ（一八六六～一九三六、後のポーランド社会党党首、ルブリン臨時政府首相）に敗れた。後年、一九〇八年にガリツィア地方議会（ルヴフ市）議員となる。彼の姓「プタク」はポーランド語で「鳥」の意。

70 人鶴（ジュラヴィエツ）：ヴィスピャンスキによる造語。「鶴」の語と「放浪者」の語から造っている。鶴はその用心深さと渡りの習性で知られた。

71 ロイスダールの墓地：オランダの風景画家ヤーコプ・ファン・ロイスダール（一六二八頃～八二、「ライスダール」とも）の画『ユダヤ人墓地』への言及。画では、墓碑と廃墟が立つ墓地に草木が鬱蒼と生い茂っている。ロイスダールについては、ポーランドのロマン主義詩人アダム・ミツキェヴィチ（一七九八～一八五五）の『パン・タデウシュ』（一八三四）でも、登場人物の一人「伯爵」が言及している。

72 放浪鳥（ラタヴィエツ）：民話や迷信に登場する「巣を持たずに渡り続ける鳥」または「渡り鳥によって放浪者に変えられる人間」。造語でなく、多義を持つ語。「凧」の意もある。

73 虐殺犠牲者：ガリツィア大虐殺（一八四六、「ガリツィア蜂起」「農民蜂起」とも）の犠牲者のこと。ポーランド貴族（シュラフタ）が大規模なポーランド人蜂起（「クラクフ蜂起」のこと）を実行しつつあることを察知したオーストリア政府は、蜂起を挫くため、ポーランド人の身分間の軋轢、農民の不満を利用した。焚き付けられた農民たちはガリツィア各地（タルノフ、ヤスウォを中心に）で貴族（シュラフタ）、地主、役人を攻撃し、惨殺した。

74 郷民長外衣（スクマナ）：クラクフ地方の民俗服。男性女性ともに着た外衣で、膨ら脛までの丈。ブロード製。

75 永劫の火：地獄のこと。

76 我らを試みに引き給わざれ：「主の祈り」の一節。

77 幻影（かげ）：疫病を擬人化したもの。「虐殺」後の数年間、ガリツィア地方では発疹チフスとコレラが流行し、大量の死者が出た。すでに当時からこの疫病に、民（特に農民）の行ないに対する神罰が読み取られていた。

78 永遠の安らぎを：死者のための祈りの一節。

79 謝肉祭：ガリツィア大虐殺（注73）が始まったのは一八四六年二月十九日、すなわち謝肉祭の期間。そのため、この大虐殺は「血の謝肉祭」とも呼ばれる。虐殺は三月まで続いた。

80 大鴉（おおがらす）：日本では「ワタリガラス」とも呼ばれるカラス。

81 馬小屋劇：クリスマスの期間に作られる、ベツレヘムでのキリスト降誕を再現した劇のこと。ポーランド語で「ショプカ」と呼ばれる。「ショプカ」は「劇」に限らず、「馬小屋模型」や「馬小屋画」の場合もある。

82 一人はザクセン人（サス）で、もう一人は森（ラス）へ：十八世紀の言い回し「一人はサスへ、もう一人はラスへ」の捩り。「サス」は「ザクセン人」の意で、ザクセン選帝侯にしてポーランド王アウグスト二世（一六七〇～一七三三、在位一六九七～一七〇六、一七〇九～三三）を指す。一方「ラス」は「森」の意で、ポーランド王スタニスワフ一世レシチンスキ（一六七七～一七六六、在位一七〇四～〇九）を指す（「レシチンスキ」の姓は「榛（はしばみ）」の語から来ている）。十八世紀初頭、スウェーデン王カール十二世（一六八二～一七一八、在位一六九七～一七一八）がポーランド王位に介入し、レシチンスキが即位、アウグスト二世が廃位させられた。当時の人々はどちらの王に付くか、「サス＝アウグスト二世」に付くか、「ラス＝レシチンスキ」に付くか、選択を迫られた。

83 白詰草（しろつめくさ）：「馬肥（うまごやし）」の俗称もあるように、牧草として栽培、収穫される他、緑肥としても栽培される。

84 四十六年：一八四六年のガリツィア大虐殺（注73）のこと。

85 コレンダ：ここでは、クリスマスの時期に司祭と子供たちが家々を訪問して回る風習のこと。子供たちは時に扮装して、クリスマス・キャロル（この歌も「コレンダ」と呼ばれる）を歌いながら寄付を集めて回るが、大人が同伴することもある。

86 鐙の乾杯：知人の出立に際して、馬（通常は馬車）に乗る直前に別杯を交わす（飲み干す）習慣があった。

87 宴友（クルデシュ）：トルコ語からの借用語。ここで「主人」が謡い出すのは、十八世紀のポーランドで流行した宴会歌謡で、リフレインに「宴友（クルデシュ）」が繰り返されることから、歌謡自体も「宴友（クルデシュ）」と呼ばれるもの。「宴友（クルデシュ）よ、宴友（クルデシュ）の中の宴友（クルデシュ）よ」はよく知られた一節。ルツィアン・リデルの婚宴の客だったフランス文学者タデウシュ・ボイ＝ジェレンスキ（一八七四～一九四一）によれば、「主人」のモデル、ヴウォジミエシュ・テトマイエルのお気に入りの歌だったという。

88 描き卵、塗り卵：復活祭の時期に作られる、装飾されたイースター・エッグのこと。装飾技術によって様々な呼び名がある。

89 吾らはどこかの、そこらの者なりや。：民謡「クラクフっ子」の歌い出し。一八三〇年にはすでに採集され、出版されている民謡で、現在でも婚宴の席で歌われることがある。ポーランド文学者ヤン・ノヴァコフスキ（一九〇八～九一）の戯曲への注釈によれば、「ヤシェク」と「カスペル」はここでメロディーに合わせて一緒に歌い出したと考えられる。民謡はこの先「ひとえに男児、クラクフっ子なり！」と続く。

90 ……。：「続く」の意か。「ヤシェク」と「カスペル」の歌が続いていると考えられる。この独立した行を成す「……。」の記号は戯曲中に何度か登場し、「続く」または「余韻」を表していると考えられる。

91 （一番）：以下は、ヴィスピャンスキが『婚礼』執筆に際して、古い民謡のメロディーに新しい詩を付けたもの。彼は、第三幕最終場で「藁ぼっち」が歌う歌だけでなく、この場の歌も、自ら戯曲の末尾に添付した楽譜「第三幕を閉じる農村音楽のモチーフ」のメロディーで歌われるよう指示している。

92 奥様：この呼称も、注61（第一幕二十二場）と同じく、叔母と甥の関係では不自然。この場では、「市議夫人」が「花婿」結婚自体にではなく、農夫の娘との結婚に賛成していないらしいことが文脈から読み取れるため、不自然な呼称の理由は、むしろ、古い価値観に囚われて自分の結婚を祝福してくれない叔母に対する甥の皮肉と考えられる。実際「旦那様」と「百姓」、「奥様」と「百姓女」という階級間の溝は、戯曲を通して繰り返されている。

93 バーン＝ジョーンズ：イギリスの画家エドワード・バーン＝ジョーンズ（一八三三〜九八）のこと。ラファエル前派を代表する一人で、十九世紀末には非常に人気を博した。彼の絵画の特徴は、繊細で儚げな女性、装飾的な草花、メランコリックな雰囲気など。

94 ラヘラ：ここでは「ラケル」自身が自分をポーランド語風に「ラヘラ」と呼んでいる。

95 アデュー：フランス語「adieu」（さようなら）。ただし原文では綴りがポーランド語化されている。

96 時間潰しに（プール・パセ・ル・タン）：原文はフランス語「pour passer le temps」。「詩人」のモデル、カジミェシュ・プシェルヴァ＝テトマイェルの八行連詩「Pour passer le temps」（一八九八）への言及。

97 もうずき着帽式やもん。：「着帽式」はスラヴ民族に広く伝わる結婚儀礼で、ポーランド語では「チェピヌィ」または「オチェピヌィ」と呼ばれる。婚宴の午前零時頃、儀礼歌が歌われる中、添い嫁たちの手伝いを受けながら花嫁は花冠を取り（時には髪も切り）、人妻たちから婦人帽（「チェピェツ」または「チェペク」と呼ばれる）を被せてもらう。乙女から人妻への身分の移行が象徴的に示された後、婚宴参加者たちは蝋燭を手にもって新妻の周りを回る。

98 （一番）：作者はこれが歌われることを想定していたようだが、メロディーの指示はない。

99 ……。：「続く」の意か（注90）。「藁ぼっち」の歌が続いていると考えられる。

100 「けれどおらっ達(ちゃ)のでない（……）」：今日不詳の民謡。メロディーも不明。

101 「馬どもを見張っとらっしゃい（……）」：今日不詳の民謡。メロディーも不明。

102 ――。：「間」の意か。しばらく踊っていると考えられる。この独立した行を成す「――。」の記号は戯曲中に何度か登場し、言葉を伴わない「間」（ただし無音、静寂とは限らない）を表していると考えられる。

103 「強いられて、マリシャよ（……）」：クラクフ郊外に実際に存在する民謡。

104 儂の後をのべつ誰かが彷徨(さまよ)っておる。：クラクフの保守派陣営は一八六九年、ポーランド独立を目指しながらも反急進、民主主義の路線を標榜するために政治パンフレット『スタンチクの折り鞄』を発行し、「慎重に考える賢者」スタンチクのイメージを利用した。そのため彼らは「スタンチク族」と呼ばれた。彼らの機関紙が『時(チャス)』紙であり、その記者の一人が「記者」のモデル、ルドルフ・スタジェフスキだった。

105 すでに腰を下ろして：ここでの「スタンチク」のポーズは、彼を描いたヤン・マテイコ（「舞台美術」注釈参照）の有名な油彩画『スモレンスク喪失後ボナ女王の宮廷におけるスタンチク』の暗示。「記者」のモデル、ルドルフ・スタジェフスキの編集局デスクの上方には、この画の複製が掛かっていたという。

106 御機嫌よう(サルウェー)：原文はラテン語「salve」。中世ポーランド貴族の間で交わされた挨拶。

107 衛兵(ハイドゥク)：ハンガリー語からの借用語。元々は、ハンガリー貴族出身のポーランド王ステファン・バトルィ（一五三三～八六、在位一五七六～八六）が組織した、ハンガリー様式の歩兵を意味したが、後に、王宮や大貴族邸で同様のハンガリー風制服に身を包んだ衛兵をも意味するようになった。ここでは「民族の衛兵」としての道化師の喩。

108 五月三日のおとぎ話：一七九一年五月三日にポーランド＝リトアニア共和国議会で採択された「五月三日憲法」のこと。ヨーロッパで最初（アメリカに次いで世界で二番目）の近代的成文憲法で、立憲君主制、議院内閣制を掲げた民主的憲法だったが、施行わずか一年でロシア帝国軍によって破棄された。「記者」が語るこの時点で、すでに百年以上が経っている。

109 お斎(とき)：葬儀後に開かれる宴のこと。ただし、日本の「精進落とし」のような「忌明け」の意味はない。

110 近しき者に丸太を：新約聖書「マタイによる福音書」の一節「あなたは、兄弟の目にあるおが屑は見えるのに、なぜ自分の目の中の丸太に気づかないのか」（第七章三節）の捩り。

111 そしてその呪われた手が自分の手であったことを：三度の分割（一七七二、九三、九五）を経てポーランドが失われていく過程で、ポーランド人自身がその原因となっていたこと、分割当事国に祖国を売る行為をしていたことを指す。特に、「五月三日憲法」（注108）に反対したポーランド貴族がタルゴヴィツァ連盟（一七九二）を結成し、ロシアと共闘して祖国を攻め、二度目の分割を招いてポーランドの滅亡（一七九五）を早めたことを指している。

112 デイアネイラの血の衣：デイアネイラは、ギリシャ神話に登場するカリュドン王女で、ヘラクレスの妻。美女イオレを捕虜にした夫の裏切りを聞いた（あるいは恐れた）デイアネイラは、ケンタウロス族ネッソスの血を媚薬と信じて、その血を塗った服を夫に送ったが、実はネッソスの血は毒であったため、ヘラクレスは苦しみ悶え、炎に身を投じて死んだ。それを知ったデイアネイラは自殺した。

113 ――。：「間」の意か（注102）。しばらく鐘が鳴っていると考えられる。「スタンチク」の次の台詞の後も同じ。

114 ズィグムント、ズィグムント……：ポーランド王ズィグムント一世老王（スタルイ）（一四六七～一五四八、在位一五〇六～四八）の治世、ポーランドはいわゆる「黄金時代」を迎え、ルネサンス文化が花開いた。一五二一年、王城ヴァヴェル城に隣接する大聖堂の鐘塔に大鐘が吊るされ、王にちなんで「ズィグムント」と名付けられた。

115 イタリア婦人：ズィグムント一世老王（スタルイ）の二番目の后、ボナ女王（一四九四～一五五七）のこと。ミラノ公国スフォルツァ家の公女で、ポーランドにおけるルネサンス文化の開花に貢献。ここでの「スタンチク」の描写は、ヤン・マテイコの油彩画『ズィグムント鐘の設置』の風景と完全に一致している。画には「スタンチク」の姿も描き込まれている。

116 俺たちの大切な人を葬るときに：「ズィグムント鐘」は大きな祝賀行事だけでなく、偉人の葬儀の際にも鳴らされた。十九世紀末のクラクフでは、詩人アダム・ミツキェヴィチ、画家ヤン・マテイコなど国民的芸術家の壮大な葬儀が行なわれ、「黄金時代」の鐘は一転して「追悼」の鐘としても記憶されることになった。

117 ダンテよりひどい地獄を知っておる：イタリアの詩人ダンテ・アリギエーリ（一二六五～一三二一）の『神曲』の

「地獄篇」を暗示したもの。

118 ポーランドの聖人たちに捧げる～魂の断食：この「聖人たち」は宗教上の聖人ではなく、預言者にも似た大詩人たちのこと。当時広がりつつあった大詩人たち（特にアダム・ミツキェヴィチ）の神格化と、彼らの苦しみに思いを馳せて身を慎む禁欲主義とによって、ポーランドの精神的再生を目指そうとする傾向を指している。

119 チェンストホヴァの真似絵：チェンストホヴァの聖母像（「舞台美術」注釈参照）の安っぽい複製画のこと。祭日や祝日などに人々がありがたがって買ったり、もらったりする。

120 森梟（もりふくろう）：俗信では、夜に鳴く森梟（もりふくろう）の声は不幸の予告と見なされていた。

121 悲劇役者（トラゲディアンテ）だ～喜劇役者（コメディアンテ）よ：原文はイタリア語「tragediante」「commediante」。このやり取りは、幽閉中だったローマ教皇ピウス七世（一七四二～一八二三、在位一八〇〇～一八二三）とナポレオン一世（注17）の間で交わされたと言われる会話を踏まえたもの。ただし史実は、会話ではなく教皇の独言であり、語順も逆だった（会談に狩猟服で現れたナポレオンを教皇は「喜劇役者」と呼び、会談の終わりに文書署名を強要された自身を「悲劇役者」と呼んだ）。

122 道化の杖：道化師の象徴で、通常は鈴が付いている。ヤン・マテイコの画『スモレンスク喪失後ボナ女王の宮廷におけるスタンチク』（注115）にも杖が描き込まれている。

123 以前の状態（スタトゥス・クウォー・アンテ）：原文はラテン語「status quo ante」。

124 伝令神の杖（カドゥケウス）：ギリシャ神話の中で、主神ゼウスの使者としてヘルメスが持つ杖。柄に二匹の蛇が巻き付き、頂部には翼が付いている。ヘルメスは商業などの守護神であるだけでなく、死者の魂を冥府へ導く案内者でもある。

125 青春よ！：以下、アダム・ミツキェヴィチ（注71）の詩「青春頌歌」（一八二〇）のパラフレーズ。ただし「記者」の心理状態を反映して、原詩（の明るい雰囲気、希望にあふれた調子）からは懸け離れてしまっている。

126 しかも壁には～場面々々。：「舞台美術」参照。

127 騎士：「劇中人物」中の「黒騎士」のこと。モデルは、ザヴィシャ・チャルヌィ（注7）。

128 グルンヴァルト、剣、ヤギェウォ王！：グルンヴァルトの戦い（一四一〇）のこと。ポーランド王国とリトアニア大公国の連合軍が、ドイツ騎士団と戦った。ポーランド王はヴワディスワフ二世ヤギェウォ（一三六二頃～一四三四、ヤギェウォ王朝の開祖）、リトアニア大公はヴィータウタス（一三五二～一四三〇、在位一四〇一～三〇）。中世ヨーロッパ史最大の戦いの一つに数えられ、これに勝利したポーランド・リトアニア連合軍は、強国としてヨーロッパの勢力図を塗り替えるとともに、やがて「黄金時代」へと向かっていく。

129 ヴィトウト、ザヴィシャ、ヤギェウォ…「ヴィトウト」はリトアニア大公ヴィータウタス（注128）のポーランド語名。「ザヴィシャ」は「騎士」（すなわち「黒騎士」）のモデル、ザヴィシャ・チャルヌィ（注7）で、やはりグルンヴァルトの戦いに参加していた。「ヤギェウォ」はポーランド王ヴワディスワフ二世ヤギェウォ（注128）。

130 有翼重騎兵（フサリア）…「有翼重騎兵（フサリア）」は、十六世紀から十八世紀にかけて組織されていたポーランド騎兵。全身鎧の重装で、集団を編成して突撃を繰り返し、敵陣を粉砕していった。ポーランドの「黄金時代」の確立に貢献し、当時ヨーロッパ最強の騎兵隊として知られた。その装備はしだいに華美となり、甲冑には装飾が施され、背には羽根飾りが付けられた。

131 ブラネツキ殿…ポーランドの大貴族（マグナート）フランチシェク・ブラニツキ（注6）のこと。彼が「総司令官（ヘトマン）」のモデル。

132 惜しむなよ、一グロシュを惜しむなよ。…収穫祭の民謡の一節。「グロシュ」は銀貨（あるいは銅貨）の単位。後に出てくる「ドゥカート」は金貨の単位。

133 魔王（サタン）ども、モスクワの参謀部…合唱隊（コロス）は、ロシア軍将校たちで同時に魔王（サタン）たち。

134 県知事（ヴォイエヴォダ）だ！　県知事（ヴォイエヴォダ）だ！…「総司令官（ヘトマン）」と「県知事（ヴォイエヴォダ）」の連想は、「花婿」のモデル、詩人ルツィアン・リデルのメルヘン劇『魔法に掛かった水車』（注60）の中で、主人公の一人「県知事（ヴォイエヴォダ）」が総司令官（ヘトマン）の職杖を手に入れるために悪魔に魂を渡すことから。

135 そして王自身がお前の朋友だった…ブラニツキは若い頃、後の国王スタニスワフ・アウグスト（一七三二～九八、在位一七六四～九五、ポーランド＝リトアニア共和国最後の国王）の協力者、支持者だった。ブラニツキを王冠領大総司令官（ヘトマン）に任命したのも、国王スタニスワフ・アウグストである。しかしその後、国王の主導する「五月三日憲法」に反対してタルゴヴィツァ連盟（一七九二）を結成し、国王の敵対者となった。

136 妻問いに女帝の庶子らの所へ…ブラニツキは一七八四年、ロシア宮廷の女官アレクサンドラ・エンゲルハルト（一七五四～一八三八）と結婚。アレクサンドラは、公式にはロシア軍元帥グリゴリー・ポチョムキン公爵（一七三九～九一）の姪とされるが、実際には女帝エカチェリーナ二世

（一七二九〜九六、在位一七六二〜九六）の庶子と言われている。

137　サーベルを佩いていないと見える。：「サーベルを佩いていない」は「騎士ではない」の意。「イエズス」を求める総司令官（ヘトマン）に「悪魔」を投げ付けた「花婿」への皮肉。「悪魔」を含む罵りを口にしたことではなく、弱者を慈しむ騎士道精神の欠如を難じている。

138　心を高く（スルスム・コルダ）：原文はラテン語「sursum corda」。カトリック教会のミサの中で司祭が唱える文句。ミサの中心、感謝と聖別の祈りの始まりを告げる。当時まだミサはすべてラテン語で行われていた。また「心を高く（スルスム・コルダ）」は日常生活で、事を始めるために腰を上げるときの言葉、あるいは人を励ます言葉としても使われる。

139　真珠が一鍋（ガルニェツ）、金が四半桶（チフィエルチ）。：「鍋（ガルニェツ）」「四半桶（チフィエルチ）」はかつて用いられた嵩の単位。時代や地域によって異なるが、十九世紀後半のガリツィア地方では、一鍋（ガルニェツ）＝約四リットル、一四半桶（チフィエルチ）＝約三〇リットル。

140　コレラか！：ガリツィア大虐殺（注73）の後、発疹チフスとコレラが流行した。皮膚に「染み」が生じるのは、実際は「コレラ」ではなく発疹チフスの方だが、第一幕にも「コレラ」と「黒い染み」を結び付けている「浮浪爺」の発言がある（第一幕二十六場）。「吸血鬼」のモデル、ヤクプ・シェラ（注8）は、大虐殺後の疫病とは無関係で、一八四八年にガリツィア地方を離れ、一八六六年に移住先で死去。

141　勲章：オーストリア＝ハンガリー帝国政府は、ポーランド貴族（シュラフタ）によるクラクフ蜂起（一八四六、注73）鎮圧後、「大虐殺」に加わった農民たちに恩賞を与えた。土地のほかに勲章も下賜した。シェラも「勲章」と土地を与えられたが、恩賞の土地へ半強制的に移住させられ、地盤から体よく切り離された。

142　……。：「続く」の意か（注90）。シェラの歌（あるいは鼻歌）が続いていると考えられる。直前の一行は、今日不詳の民謡。

143　「今日だけは、おらに（……）」：クラクフ郊外の民謡。今日では不詳。

144　「それで陽が出て天気になれば（……）」：当時クラクフの芸術家たちの間で流行していた歌。次の「花嫁」の台詞はその歌の続き。歌の一番の全体は以下のとおり。

それで陽が出て天気に、陽が出て天気になれば、
　連れ立って庭へ行こうよ。
菫（すみれ）の小（つう）さい花を、菫（すみれ）の小（つう）さい花を摘もうよ。

お互いへ駆け寄ろうよ。

145 城壁を頭で刳り抜くのは無理。：「城壁を頭で貫けない」という慣用句の捩り。「克服不可能な困難」の喩。多く「そうした困難にあえて挑戦する必要はない」「そうした無謀はしない」という意を含む。

146 グルンヴァルトさながら：グルンヴァルトの戦い（一四一〇、注128）のこと。

147 戦乙女（ヴァルキュリア）：北欧神話に登場する半神の乙女。集団で主神オーディンの意を受け、戦の運命を操る。また戦死者の中から勇者を天上の宮殿ヴァルハラへと連れていき、彼らをもてなす役割も担う。山々の頂にいるとされ、雲の中を駿馬で駆ける。リヒャルト・ワーグナー（注26）のオペラ『ニーベルングの指環』（一八四八〜七四）の「第一日」すなわち『ヴァルキューレ』（一八五六年作曲、七〇年初演）で有名。オペラでは、ヴァルキューレたちは馬で岩山の頂へ駆け寄ってくる（第三幕「ヴァルキューレの騎行」）。

148 カルヴァリア：クラクフの南にある聖地カルヴァリア・ゼブジドフスカのこと。十七世紀のクラクフ県知事（ヴォイエヴォダ）ミコワイ・ゼブジドフスキ（一五三三〜一六二〇）がジャル山をゴルゴタの丘に見立てて、周囲に十字架の道行きを再現した。やがて聖地として有名になり、祭日（特に復活祭と聖母被昇天祭）には巡礼者が多く集まるようになると、それを目当てに浮浪の竪琴奏者たちがはるばる遠方から集まった。現在、ユネスコ世界遺産。

149 硫黄：硫黄製のマッチのこと。

150 誉れあれ（スワヴァ）：ウクライナ式の挨拶。ただし発音はポーランド語化されている。

151 はるか辺境の地：かつてのポーランド＝リトアニア共和国の東部辺境地方、すなわちウクライナのこと。ポーランド人にとってポーランド国家の「黄金時代」、過去の威勢を象徴し、連想させる土地。

152 思い出すだろう：以下数段の「ヴェルヌィホラ」による描写は、詩人ユリウシュ・スウォヴァツキ（注63）の戯曲『サロメアの夢は銀色』（一八四三）に沿ったもの。『サロメア…』はコリーイの乱（一七六八）に取材した戯曲で、ウクライナ農民の武装蜂起とそれを力で制圧し、血の制裁を加えるポーランド貴族（シュラフタ）を描く。最終幕（第五幕）では、正教会の「鐘」と処刑される農民の「呻き」とが響く中、ポーランド人軍事司令長官ステンポフスキの館に、「浮浪のような」外衣を纏った「ヴェルヌィホラ」が登場する。そして、これまで自民族（ウクライナ人）と同じように愛してきたポーランド人と決別することを告げた上で、「鞍で鳴る竪琴（リュラー）」を付けた「地獄の白い駿馬」が彼を攫うこと、しかしポーランドが屍となったときには戻ってきて竪琴（リュラー）の音で過去を思い出させること、するとポーランドの屍が蘇ることを予言する。

153 歴史哀詩（ドゥマ）：文学ジャンルの一つで、ポーランドでは啓蒙時代、特に十八世紀末から十九世紀初めにかけて流行。ロマン主義の時代に流行したバラードの先駆的ジャンル。歴史的人物を主人公とし、そのモノローグ、過去についての思索、嘆きが歌われる。歴史哀詩（ドゥマ）はウクライナ文学にも古くから見られ、音楽と融合してウクライナ民謡「ドゥムカ」を生んだ。ここでは、スウォヴァツキが『サロメア…』（注152）の中で「ヴェルヌィホラ」を「忘れられたドゥムカ詩人」と呼んでいることに結び付けられている。

154 檄を方々へ送り：訳語「檄」は語本来の意味、すなわち「召集や説諭の木札」。かつてポーランドでは、戦役への参集を命ずる王意が、柳の枝束、縄束、あるいは小竿によって伝えられた（枝束や縄束は、従軍義務を逃れようとする者への「笞刑」を象徴した）。それらは各地に送られ、さらに地方の高官からその管下の者へ、使者を介したリレー形式で騎士や兵士に伝えられた。後に、手紙が用いられるようになってからも、召集を命ずる王の書簡は象徴的に細枝や小竿に付けられて伝えられた。

155 イエズスよ、我らを憐れみたまえ……！：ミサ、連禱、その他の祈りの中で頻繁に唱えられる文言。

156 神の母の頸飾（ゴルゲット）：「頸飾（ゴルゲット）」は、元は甲冑の一部として喉を守る頸甲であったものが、後に装飾的、象徴的な意味を持つようになったもの。膨らみのある金製（または銀製）プレートで、しばしば聖母マリアの像が刻まれた（あるいは描かれた）。とくに任務中の士官が頸から提げた。

157 国会（セイム）：かつてのポーランド＝リトアニア共和国で開かれていた「全国議会（セイム・ヴァルヌィ）」の略称。

158 ベルト、鞄～このサーベルも両方：「舞台美術」参照。「拳銃」以外は挙げられている。

159 分かれ道では気を付けろ：俗信では、分かれ道に鬼、魔などがいて悪を引き起こすとされた。

160 三番鶏：俗信では、夜に鳴く鶏の声、とりわけ明け方の三番鶏の声には魔力があるとされた。

161 貴人無帯外衣（デリア）：ポーランド貴族（シュラフタ）の外衣。毛織布または高級な布で作られ、毛皮で裏打ちされている。衣装の上から羽織り、首元を除いて前を留めることはない。

162 時計が正子（しょうし）を過ぎたからな：古来、午前零時はあらゆる亡霊、幽霊、悪霊が現れる時刻と信じられた。

163 幸せ（しあわ）が手にある！：俗信では、蹄鉄は幸せをもたらすとされ、しばしば家の玄関扉などに掛けられる。U字型に掛ければ吉事が訪れ、逆（下開き）に掛ければ悪事から守られるという。

164 六頭の名馬：六頭立ての馬車は最高級の贅沢な乗り物。

165 貴人締帯外衣（コントゥシュ）：ポーランド貴族（シュラフタ）の外衣。腕を出すための切れ込みが入った緩やかな袖を持つことが多い。衣装の上に着るが、貴人無帯外衣（デリア）と違い、帯を締める。

166 遊び騒げよ、御前さん。：「御前さん」はカロル・スタニスワフ・ラジヴィウ（一七三四～九〇）の綽名。彼は当時最も裕福な大貴族（マグナト）で、頻繁に宴会を開き、遊び騒いだことで知られる。豪放洒脱、闊達自在の性格で、家格を問わず宴客を招き、誰に対しても「御前さん」と呼び掛けた。

167 雰囲気を？：「雰囲気」を重要視する風潮への皮肉。世紀末のモダニズム芸術だけでなく、当時一般にも流行していたメランコリック、夢想的、悲観的な雰囲気、そしてその雰囲気に行動を従属させる姿勢に対する批判。

168 ハス、ハス、ハス：フランスの作曲家エクトール・ベルリオーズ（一八〇三～六九）のオペラ『ファウストの劫罰』（一八四六）からの引用。オペラはドイツの詩人ヨハン・ヴォルフガング・ゲーテ（一七四九～一八三二）の詩劇『ファウスト』に鼓舞されたもの。「ハス、ハス、ハス」は「地獄の首都」（第四部十九場）で、悪魔たちが歌う合唱の一節。ファウストがメフィストフェレスとともに地獄に着くと、悪魔たち、地獄に墜ちた者たちが二人を囲んで踊りながら、意味不明の言語で勝利を歌う。また、直前にある森の「木々が向こうへ飛んでいく」、そして後に出てくる「森が騒めく、森が轟く」は、オペラのパラフレーズ（第四部十六場、地獄へ向かう直前のファウストの「自然への祈願」）。

169 芸術万歳（エッヴィーヴァ・ラルテ）：原文はイタリア語「evviva l'arte」。「詩人」のモデル、カジミエシュ・プシェルヴァ＝テトマイエルの詩「Evviva l'arte」（一八九四）への言及。詩は四連から成り、各連がEvviva l'arteで始まり、終わる。ここでは第四連の末尾が引用されている。「そして我らの人生は何の価値もないけれど／Evviva l'arte!」

170 バッカスとアスタルト：「バッカス」は、ローマ神話に登場するワインと酩酊の神。ギリシャ神話のディオニュソスと同一視される。「アスタルト」は、フェニキア、バビロニア地方で崇拝された愛と豊穣の女神（戦の女神でもある）。

171 モラヴィア娘：モラヴィアは、現チェコ共和国の東部の地方。古くは独自の王国を持ったが十一世紀からはボヘミア王国、十六世紀からはハプスブルク家の支配を受けた。ガリツィア地方とモラヴィア地方は、オーストリア＝ハンガリー帝国の支配下で共同の軍役に就いていた。

172 タン、タ、ラン、タン、タン、タン、タン……。：婚宴の客だったタデウシュ・ボイ＝ジェレンスキ（注87）の回想によれば、フレデリック・ショパン（一八一〇～四九）の「前奏曲第七番イ長調」を口ずさんだものだという。またボイ＝ジェレンスキは、ショパンの音楽への心酔など、「ノス」の人物像には当時クラクフ芸術界を席巻していた「プシビシェフスキ趣味」が体現されていると指摘している。「プシビシェフスキ趣味」については注48（第一幕十七場）。

173 我らの後に洪水あれ（アプレ・ヌ・ル・デリュージュ）。：原文はフランス語「**après nous le deluge**」。七年戦争（一七五四～六三）中にロスバッハの戦い（一七五七）で大敗したフランス国王ルイ十五世（一七一〇～七四、在位一七一五～七四）を励まそうとして、愛人のポンパドゥール公爵夫人ジャンヌ＝アントワネット・ポワソン（一七二一～六四）が掛けた言葉とされる。

174 六価貨（シュストゥカ）：当時ガリツィア地方で通用していた十ハレシュ硬貨のこと（一コロナ＝一〇〇ハレシュ）。この貨幣制度は一八九二年に導入されたが、民衆は長く旧制度で計算し続けた。旧制度では一グルデン＝一〇〇クロイツァーで、「六価貨（シュストゥカ）」は六クロイツァー相当の硬貨の意であり、実際以前には六クロイツァー硬貨が存在していた。宴席では、楽師に投げ銭をして好みの曲を弾かせることができたが、「六価貨（シュストゥカ）」は音楽代として安すぎるため、「チェピェツ」のモデル、ブワジェイ・チェピェツはこの場面を初演で見たとき、自分はそれほど吝嗇ではないと憤ったという。

175 ポリュムニア：ギリシャ神話に登場する文芸の女神ムーサの一柱。「ポリュヒュムニア」とも呼ばれ、賛歌を司る。絵画では、物思いに沈んだポーズで、ベールを纏った姿を描かれることが多い。ヴィスピャンスキ自身もそうしたムーサを描いている（一八九七）。

176 村長さん：婚宴当時のブロノヴィツェ・マウェ村の村長は、前村長カスペル・クリマ（「クリミナ」のモデル、アンナ・クリマの夫）の死去（一九〇〇）を受けて就任したばかりのマチェイ・チェピェツ（一八四三～一九六二）。彼はアンナの兄であり、「チェピェツ」のモデル、ブワジェイ・チェピェツにとっても兄。ブワジェイは当時、村長ではなく、村役場の書記を務めていた。ヴィスピャンスキの記憶違いなのか、意図的な創作なのかは不明。ちなみに

「クバ」にとって「チェピェツ」は、彼らのモデルの続柄に従えば、叔父（母親の弟）に当る。

177 おっ母：「主婦」のこと。彼女は「クバ」の母ではなく、十五歳の離れた姉だが、「クバ」は「主人」夫婦の家で育てられていたため（実母は健在だったが）、「主婦」を「おっ母」と呼んでいる。場の冒頭の「拾われっ子」もこのことを踏まえている。

178 村長さん！：ここでも「チェピェツ」が再び「村長」と呼ばれている（注176）。

179 税関所：町の境界にあった徴税所のこと。国や地域の福利のために生活必需品に課税し、徴収した役所。

180 「前哨地」：ポーランドの作家ボレスワフ・プルス（一八四七～一九一二）の小説『前哨地』（一八八六）への言及。小説は、土地を買収したいドイツ人移住者たちに包囲されながら、僅かな自分の地所を必死に守ろうとする農民を描く。小説の発表以来、「前哨地」が市民として死守すべき重要な職務や立場を意味する流行語になっていた。

181 ダナイデスの無用な苦労：「ダナイデス」はギリシャ神話に登場する、アルゴス王ダナオスの五十人の娘。彼女らは夫殺しの罪により、冥界での水汲みの罰を課せられた。ただその水汲みは、穴の開いた樽を水で満たす（あるいは穴の開いた水瓶で水を運ぶ）という罰で、彼女らは「無用な苦労」を強いられた。

182 ホイスト：トランプ遊びの一種。

183 赤毛と斑：普通「斑」と表現されるのは鶏だが、ポーランド文学者ヤン・ノヴァコフスキ（注89）の注釈によれば、ここでは赤毛の牛と斑の牛のこと。

184 損は小さし、嘆きは短し。：「失った物が多く（重要で）なければ、悔やむ必要はない」の意の諺。

185 ——。：「間」の意か（注102）。

186 小さな籠：胸郭のこと。ポーランド語で「胸の籠」と表現する。

187 スタニスワフスキ：ポーランドの画家ヤン・スタニスワフスキ（一八六〇～一九〇七）のこと。ポーランド印象派の代表者の一人。ヴィスピャンスキも学んだクラクフ美術学校で教鞭を取った。

188 ……。：「余韻」の意か（注90）。

189 捕まえた：鬼ごっこや隠れんぼなどで、相手を捕まえたり、見つけたりしたときに発する言葉。

190 俺たちはザクセン人へ、あんた達は森へ：注82参照（第一幕二十七場）。

191 垂れ草：岩や石に付着して生え、垂れ下がった緑草のこと。

特定の種を指すわけではない。ポーランドのモダニズム文学、とりわけ詩で、何故か非常に好まれたモチーフ。

192 下（すた）に何（なん）が見えるか：婚宴が行なわれた「主人」の家は高台にあり、そこから「下」へ細道が伸びて「クラクフ小路」（「クラクフ街道」とも）に合流している。

193 四（す）半桶：「四半桶（チフィエルチ）」（注139、第二幕十三場）は嵩の単位だが、ここではそれを量る桶自体のこと。

194 まるでズィグムントの塔が～生やしてるみたいにさ。：婚宴が行われている「主人」の家はブロノヴィツェ・マウェ村の高台にあり、そこからクラクフとヴァヴェル城（そしてそこにある「ズィグムントの塔」）を地平線に望むことができる。

195 毒麦：日本語で「麦仙翁（むぎせんのう）」「麦撫子（むぎなでしこ）」と呼ばれる草のこと。ヨーロッパでは麦畑に生える雑草として有名。日本語の聖書では「毒麦」と訳され、あらゆる雑草の象徴とされている。実際に毒成分を含む。

196 トニェ村：クラクフ北部の村。戯曲の舞台ブロノヴィツェ・マウェ村の近く。現在ではともにクラクフ市の一部になっている。

197 チェンストホヴァの元后：チェンストホヴァの聖母像（「舞台美術」注釈参照）というより、それと同一視された聖母マリア自身のこと。一六五六年にポーランド国王ヤン二世カジミェシュ・ヴァザ（一六〇九～七二、在位一六四八～六八）が聖マリアを「ポーランド王冠の元后」として宣言。以来、現在まで聖母マリアは「ポーランドの元后」の称号で呼ばれる。

198 ――。：「間」の意か（注102）。蹄の響きが続いていると考えられる。

199 王冠を被った神の母が～書いているということ。：ここで聖母マリアが「決議文」を書いて各地に送るのは、連盟の伝統に則ったもの。連盟は結成されると声明を決議し、軍事司令長官が決議文を全国に送って公に知らしめた。聖母マリアが軍事司令長官として登場するのは、バール連盟者の詩法を踏襲しているため。バール連盟（一七六八～七二）は、ロシアによる外圧と国王スタニスワフ・アウグスト（注135）による王権強化に反対し、独立と自由を求めたポーランド貴族（シュラフタ）によって結成された。蜂起するも敗北し、参加者がシベリア流刑となっただけでなく、第一次ポーランド分割（一七七三）を招く結果になった。そのため当初、連盟参加者は祖国に対する裏切り者と見なされたが、やがてポーランドの独立と自由のために身を捧げた戦士として見直され、以後百年にわたる独立回復運動の鑑となった。

200 ……。：「余韻」の意か（注90）。

201 以下、三十七場まで登場人物は「ヤシェク」と「藁ぼっち」。それぞれ「ヤク」「藁ぼ」と略記する。

202 ――。：「間」の意か（注102）。続く「ヤシェク」の台詞でも同じ。

203 聞こえれ、ハンカ、ブワジェイさん、おっ母～どうしたんや：一連の呼び掛けの中で「ハンカ」は「主婦」を、「ブワジェイさん」は「チェピェツ」を、「おっ母」は「ヤシェク」自身の母親（戯曲には登場しないが婚宴には参加していた）を、「お父」は「父」を、「旦那」は「主人」を指している。「チェピェツ」は「カスペル」を指すと考えられる。「カスペル」のモデルはカスペル・チェピェツで、「チェピェツ」のモデル、ブワジェイ・チェピェツの甥（解題参照）。

204 ……。：「続く」の意か（注90）。「藁ぼっち」の立てる擦れ音が前場から続いていると考えられる。

205 像の元には誰やら立ってた。：俗信では、分かれ道に悪霊の類がいるとされる。

206 火打石からは火薬を全部払い落して：フリントロック式（火打石式）の銃器では構造上、「火打石」に火薬が付くことは稀で、ここは「火打石」というより、点火用火薬を盛るための「火皿」から火薬を払い除けるという意味と考えられる。なお、人物たちが手に取った「小銃」「拳銃」の両方にフリントロック式がある。

207 お祈り：通常は「主の祈り」「アヴェ・マリア」「使徒信条」を合わせた祈り一式を指すが、「主の祈り」だけを指すこともある。

208 あったろ、権兵衛～紐だけ。：ヴィスピャンスキが『婚礼』執筆に際して、古い民謡に新しい詩を付けたもの。ヴィスピャンスキは戯曲末尾に楽譜「第三幕を閉じる農村音楽のモチーフ」を添付し、メロディーを指定している（注91のとおり、この「藁ぼっち」の歌だけでなく、第一幕三十四場の「ヤシェク」の歌もこのメロディーで歌うよう指示している）。

209 ――。：「間」の意か（注102）。ここで「藁ぼっち」は歌うことなく弾き続けている（つまり、間奏を弾いている）と考えられる。

210 ――。：「間」の意か（注102）。音楽と踊りが続いていると考えられる。次の「藁ぼっち」の歌の後も同じ。

解題

『婚礼』（原題 Wesele、一九〇一）は、スタニスワフ・ヴィスピャンスキ（一八六九～一九〇七）の代表作であると同時に、十九世紀末から二十世紀初頭にかけてのポーランドのモダニズム文芸運動「若きポーランド」を代表する作品である。のみならず、分割下（一七九五～一九一八）で祖国を奪われていたポーランド人の国民意識を揺さぶった戯曲として、アダム・ミツキェヴィチ（一七九八～一八五五、ロマン主義の詩聖）の『祖霊祭』（原題 Dziady、一八二三～六〇）と並び称されるポーランド文学の至宝である。

一　『婚礼』の作者　画家として、劇作家として

ヴィスピャンスキは一八六九年に分割下のポーランドで、オーストリア＝ハンガリー帝国の属領ガリツィア地方（公式には属国クラクフ大公国）のクラクフに生まれた。クラクフは生涯（二度の西欧滞在期間を除き）彼の活動の場となる。七歳で母を亡くし、叔母夫妻に引き取られ、養育される。少年時代は「ラリフ宮殿師範学校」の予科へ通いながらユゼフ・メホッフェル（一八六九～一九四六。後に「若きポーランド」を代表する画家）を、その後名門の聖アンナ中等学校（ギムナジウム）（旧制の中等学校（ギムナジウム）で、十歳から十八歳までの生徒が学ぶ）に通いながらルツィアン・リデル（一八七〇～一九一八。後に詩人。『婚礼』の「花婿」のモデル）、カジミェシュ・プシェルヴァ＝テトマイェル（一八六五～一九四〇。後に「若きポーランド」を代表する詩人。『婚礼』の「詩人」のモデル）らを学友とした。彼らとの交友はその後も生涯にわたって続く。

中等学校（ギムナジウム）卒業後は、メホッフェルとともに、ヤン・マテイコ（一八三八～九三。画家。ポーランド史に取材した歴史画を多く残す）が校長を務める「クラクフ美術学校」に進学する。そこにはヴウォジミェシュ・テトマイェル（一八六一～一九二三。後に画家。『婚礼』の「主人」のモデル）、ルドヴィク・ド・ラヴォー（一八六八～九四。後に画家。『婚礼』の「幽霊」のモデル）、ヤン・スタニスワフスキ（一八六〇～一九〇七。後にポーランド印象派の画家。『婚礼』の中でも言及される）も通っていた。一八八九年には校長マテイコの依頼で、メホッフェルとともに、クラクフ聖マリア教会の多彩装飾（ポリクロミー）に従事する。マテイコはヴィスピャンスキの直接の教官となったことはなかったが、その才能には注目していた。この頃ヤツェク・マルチェルスキ（一八五四～一九二九。ポーランド象徴派を代表する画家）とも知り合っている。

二十一歳（一八九〇）のとき最初の外国旅行へ出かけ、西欧を回る。フランスではゴシック様式聖堂に魅せられる。そしてドイツではワーグナーのオペラに魅了され、戯曲や演劇の分野での創作活動を心に決める。一旦は帰国して聖マリア教会の多彩装飾（ポリクロミー）に戻るが、一八九一年（九四年まで）今度は奨学金を得て、メホッフェルとともにパリへ留学する。「芸術の都」で絵画の新潮流（後期印象派、象徴派、アールヌーヴォーなど）を吸収しながら、劇場にも精力的に通う（コルネイユ、ラシーヌ、モリエールなどフランス古典主義、ソフォクレスなどギリシャ悲劇、シェイクスピアを観る）。またイプセン、ズーダーマン、ハウプトマン、メーテルリンクを読み、自らの戯曲を試作し始める。その一方で、装飾デザイン分野のコンクールに作品を送り続け、九一年、メホッフェルとともに聖マリア教会のステンドグラスのデザインが認められ、画家としてデビューする。

帰国後はクラクフでステンドグラスのデザイン、新聞のイラスト（一八九七年から『生活（ジチェ）』紙）、舞台美術（一八九八年からクラクフ市立劇場）、本の挿絵などで生計を立てる。その間も戯曲を書き続ける。この時期（一八九七〜一九〇二）フランチェスコ会大聖堂でステンドグラス制作に従事し、現在も残る有名な「父なる神」「聖フランチェスコ」「福者サロメ」のステンドグラスが誕生している。

そして一八九八年、二十九歳のとき、戯曲『ヴァルシャヴィヤンカ』が初演され、劇作家としてデビューする。『ヴァルシャヴィヤンカ』はパリ留学中に試作した戯曲を後に完成させたものである。その後も、戯曲の執筆、上演、出版を続ける。例えば、一八九九年『レレヴェル』を初演し、『呪い』を執筆する。

一九〇〇年に農家の娘テオドラ・ピトコ（一八六八〜一九五七）と結婚する。ルツィアン・リデルの結婚の二カ月前である。

そして一九〇一年に『婚礼』を執筆、初演、出版する。

『婚礼』の成功は、ヴィスピャンスキに名声と経済的安定をもたらし、一九〇二年には出身校「クラクフ美術学校」の助教授となる。一九〇三年、戯曲『解放』を初演し、『アキレス』を執筆し、『ボレスワフ・シミャウィ大胆王』を初演（舞台美術も自ら担当）する。一九〇四年、戯曲『十一月の夜』『アクロポリス』『伝説』を執筆する。さらに、〇五年にはクラクフ市議に選ばれる。だが次第に病（梅毒）の症状が現れ始め、最終的には寝たきりとなる。一九〇七年、最後の戯曲『オデュッセウスの帰還』『裁判官』『スカウカ』を完成させ、十一月二八日に死去する。『婚礼』によって「国民的詩人」となったヴィスピャンスキの葬列は、クラクフの町を練り歩き、ヴァヴェル城のズィグムント鐘が鳴り響く中、四万人が参列した。

二　『婚礼』の背景

ブロノヴィツェ・マウェ村と「農民狂い」

ヴィスピャンスキに『婚礼』執筆の切っ掛けを与え

たのは、中等学校（ギムナジウム）時代からの親友で詩人のルツィアン・リデルの婚宴である。

リデルは農家の娘ヤドヴィガ・ミコワイチクとの結婚に際し、友人のヴィスピャンスキに新郎側の証人になってくれるよう頼んだ（ちなみに新婦側の証人は、新婦の叔父ブワジェイ・チェピェツ、『婚礼』の「チェピェツ」のモデル）。そして一九〇〇年十一月二十日、クラクフ聖マリア教会で式が挙げられ、その日から三日間、新婦の実家があるブロノヴィツェ・マウェ村で婚宴が開かれた。初日の祝宴は村の真ん中にある、ユダヤ人ヒルシュ・シンゲルの酒場宿で行なわれ、二日目と三日目は、新郎の友人で村在住の画家ヴウォジミェシュ・テトマイェルの家と、その隣家で新婦の実家、ヤツェンティ・ミコワイチク宅で行なわれた。『婚礼』が描くのは、二日目のテトマイェル宅の夜から朝にかけてである。

『婚礼』の舞台、ブロノヴィツェ・マウェ村は、クラクフから北西へ十キロメートルほど離れた郊外に位置し（現在の行政区画ではクラクフ市の一部と成っている）、クラクフから続く一本の「クラクフ街道」（戯曲の第二、第三幕に登場）とそれから分岐する一本の間道に沿って集落が形成されていた。分岐点にはシンゲルの「酒場宿」（第一幕でラケルがそこから歩いてきた）と「井戸」（第三幕で百姓たちがそこに集まった）があり、分岐点から「街道」をさらに奥へと進むと、道の両脇が土手のように盛り上がっていき、その一方の高台にテトマイェルの「田舎家」が建っていた。ヴィスピャンスキが『婚礼』に描くとおりである。

ブロノヴィツェ・マウェ村は当時すでにクラクフの芸術家や知識人の間で有名だった。取り立てて何かが村にあったからではなく、伝統的な農村建築、風俗、習慣がまだ多く残されていたからだった。それが当時知識階級を覆っていた「chłopomania」、すなわち「農民狂い」と呼ばれる農民志向の風潮と合致して、芸術家や知識人がしばしば村を訪れていたのである。ある者は作品のインスピレーションを、別の者は旧時代へのノスタルジーを、またある者はポーランド再興の原動力を農民に、彼らの文化習俗に探していた。

　その最も端的な表れが、一八九〇年の画家テトマイェルと農家の娘アンナ・ミコワイチクの結婚である。町の貴族（シュラフタ）と村の百姓娘という身分違いの結婚は、当時クラクフの社交界に衝撃と好奇を引き起こした。結婚後、妻アンナの実家の隣に家を構えたテトマイェルのもとには、同じように農民の文化習俗に魅せられた若い芸術家や知識人がますます訪れるようになり、その中に詩人ルツィアン・リデルもいたのである。そして今度はリデル自身がアンナの末妹ヤドヴィガとの結婚によって、次なるセンセーションをクラクフの知識人社会に巻き起こすことになった。

三　『婚礼』の「人物」たち　招待客リスト

　リデルはクラクフからの客人を婚宴二日目（十一月二一日）に招待した。こうして『婚礼』の「人物」リストが出来上がる——。
　主人：モデルは、画家ヴウォジミェシュ・テトマイェル（一八六一～一九二三）、当時三十九歳。婚宴会場となった田舎家の主人。結婚後ブロノヴィツェ・マウェ村に定住し、画家として農民の習俗の絵を残す。
　主婦：モデルは、農家の娘アンナ・テトマイェル、旧姓ミコワイチク（一八七四～一九五四）、当時二十六歳。「主人」の妻。愛称は「ハンカ」。
　花婿：モデルは、詩人ルツィアン・リデル（一八七〇～一九一八）、当時三十歳。メルヘン劇『魔法に掛かった水車』の作者。
　花嫁：モデルは、農家の娘ヤドヴィガ・ミコワイチク（一八八三～一九三六）、当時十七歳。「主婦」の末妹。愛称は「ヤガ」。
　マリシャ：モデルは、農家の娘マリア・ススウ、旧姓ミコワイチク（一八七七～一九二五）、当時二十三歳。

「主婦」の妹、「花嫁」の姉。以前、婚約者の画家に死なれ、農夫と結婚。「マリシャ」は「マリア」の愛称。

ヴォイテク：モデルは、農夫ヴォイチェフ・ススウ（一八七三～一九〇二）、当時二十七歳。「マリシャ」の夫。「ヴォイテク」は「ヴォイチェフ」の愛称。

父：モデルは、農夫ヤツェンティ・ミコワイチク（一八三二～一九〇七）、当時六十八歳。もう一つの婚宴会場の主人。「主婦」「マリシャ」「花嫁」の父。そして下記の「ヤシェク」と「クバ」の父でもある。

ヤシェク：モデルは、ヤン・ミコワイチク（一八八〇～一九五七）、当時二十歳。「花嫁」の兄。添い婿（新郎の付添人）を務める。「主人」にとっては義弟に当たる。「ヤシェク」は「ヤン」の愛称。

カスペル：モデルは、カスペル・チェピェツ（一八七九～一九六一）、当時二十一歳。「花嫁」「ヤシェク」の従兄、「チェピェツ」「クリミナ」の甥。添い婿（新郎の付添人）を務める。

詩人：モデルは、詩人カジミェシュ・プシェルヴァ＝テトマイェル（一八六五～一九四〇）、当時三十五歳。「主人」の弟。「若きポーランド」を代表する詩人だが、同時にファンタジー劇『ザヴィシャ・チャルヌイ』の作者でもある。「プシェルヴァ」はテトマイェル一族の貴族としての家号で、「詩人」は好んで使用した。

記者：モデルは、ルドルフ・スタジェフスキ（一八七〇～一九二〇）、当時三十歳。クラクフ保守派「スタンチク族」の日刊紙『時（チャス）』の記者。

ノス：モデルは、画家タデウシュ・ノスコフスキ（一八七六～一九三二）、当時二十四歳。ブロノヴィツェ・マウェ村に出入りしていたクラクフの芸術家グループの一人。ただし「ノス」には、ノスコフスキだけでなく、同じく画家のスタニスワフ・チャイコフスキ（一八七八～一九五四）の面影も見られる。ちなみに、「ノス」はポーランド語の普通名詞で「鼻」の意。

マリナ：モデルは、マリア・パレンスカ（一八八四～一九四一）、当時十六歳。ヤギェウォ大学教授スタニスワフ・パレンスキ（一八四三～一九一三）の娘。

母エリザ・パレンスカ（一八五七～一九一八）が「市議夫人」の親友だったほか、「花婿」が家庭教師でもあった。また、ヴィスピャンスキが肖像画に描いてもいる。「マリナ」は「マリア」の愛称。

ゾシャ：モデルは、ゾフィア・パレンスカ（一八八六～一九五六）、当時十四歳。「マリナ」の妹。「花婿」が家庭教師だったほか、ヴィスピャンスキが肖像画に描いてもいる。後に、フランス文学者タデウシュ・ボイ＝ジェレンスキ（一八七四～一九四一）の妻となる（ちなみに、ボイ＝ジェレンスキもこの婚宴に客として参加していた。後にこの婚宴について回想記「『婚礼』をめぐる噂話」を書く）。「ゾシャ」は「ゾフィア」の愛称。

市議夫人：モデルは、作家アントニナ・ドマンスカ（一八五三～一九一七）、当時四十七歳。「花婿」の従叔母。ヤギェウォ大学教授にしてクラクフ市議スタニスワフ・ドマンスキ（一八四四～一九一六）の妻。若者向けの小説を多く書いた。また、クラクフの若い芸術家グループを支援していた。

ハネチカ：モデルは、アンナ・リデル（一八八四～一九六九）、当時十六歳。「花婿」の妹。後に、ポーランドの看護教育の礎を築く功労者となる。「ハネチカ」は「アンナ」の愛称。

チェピェツ：モデルは、農夫ブワジェイ・チェピェツ（一八五七～一九三四）、当時四十三歳。「花嫁」の叔父。結婚の証人、婚宴の幹事を務める。当時、村役場で書記をしていた。ちなみに、「チェピェツ」はポーランド語の普通名詞で「既婚女性が被る婦人帽」の意。

チェピェツ夫人：モデルは、ヴィクトリア・チェピェツ（一八七七～一九四三）、当時二十三歳。「チェピェツ」の妻。夫との年齢差は、後妻であるため。

クリミナ：モデルは、アンナ・クリマ（一八六一～一九一九）、当時三十九歳。「花嫁」の叔母、「チェピェツ」の妹、「イシャ」の代母。婚宴の幹事を務める。村長だった夫カスペル・クリマに死なれて（一九〇〇年）未亡人になったばかり。「クリミナ」は、嫁ぎ先の姓「クリマ」からヴィスピャンスキが名付けた。

カシャ：モデルは、カタジナ・ススウ（一八七七〜一九五二）、当時二十三歳。添い嫁（新婦の付添人）を務める。「カシャ」は「カタジナ」の愛称。

スタシェク：モデルは、スタニスワフ・ルビン。「クバ」より数歳年長。「主人」宅の少年。もともと孤児で、使用人として引き取られていた。「スタシェク」は「スタニスワフ」の愛称。

クバ：モデルは、ヤクプ・ミコワイチク（一八八九〜一九七九）、当時十一歳。「主婦」「花嫁」の弟。「クバ」は「ヤクプ」の愛称。

ユダヤ人：モデルは、ユダヤ人ヒルシュ・シンゲル（一八四〇〜一九一五）、当時六十歳。村の酒場宿の経営者。他の「人物」たちから「モーセ君」と呼ばれているが、それが戯曲の中での本名なのか、綽名なのかは不明。

ラケル：モデルは、ユゼファ（ヘブライ名ペレル）・シンゲル（一八八一〜一九五五）、当時十九歳。「ユダヤ人」の末娘。一九一九年に受洗して「ユゼファ」を洗礼名とした。「ラケル」は、ヴィスピャンスキによる命名で、旧約聖書「創世記」に登場するヤコブの妻の名。「ラケル」のポーランド語名は「ラヘラ」。

イシャ：モデルは、画家ヤドヴィガ・テトマイェル（一八九一〜一九七五）、当時九歳。「主人」夫婦の長女。「イシャ」は「ヤドヴィガ」の愛称。

町からの招待客と村の若者はテトマイェル宅で踊り、村の年配者たちはミコワイチク宅でテーブルを囲んでいた。町からの客が婚宴二日目に招待されたのは、その晩に「着帽式」（ポーランド語で「チェピヌィ」や「オチェピヌィ」と呼ばれる）が予定されていたからである。「着帽式」はスラヴ諸国に広く見られる、キリスト教受容以前からの儀式である。既婚女性と添い嫁とが新婦から花冠を取り、代わりに人妻を表す帽子を被せることで、新婦の身分の移行を象徴的に示すのである。「着帽式」はテトマイェル宅で行なわれた。

ヴィスピャンスキもこの婚宴二日目に、妻テオドラと四歳の娘ヘレナ（一八九六〜一九七一）を連れて参加した。実は、リデルとヤドヴィガの身分違いの結婚はクラクフで三例目（テトマイェルとアンナが一例目）であり、二例目は他ならぬヴィスピャンスキとテオドラの結婚だった。リデルの結婚のわずか二カ月前のことである。ただ、ヴィスピャンスキとテオドラの場合、テオドラには私生児の連れ子テオドルがいて、ヴィスピャンスキとの間にもすでに二児（ヘレナとミェチスワフ）が生まれており、しかも二人はすでに数年にわたって同棲していたため、婚儀はひっそりと、わずかな親類のみを参列者として行なわれた。加えて、ヴィスピャンスキは連れ子テオドルの代父を引き受けていたため、当初結婚の無効が告げられた。ちょうどそのタイミングで、婚姻無効の撤回を待ちながら、ヴィスピャンスキはリデルの結婚に証人として列席し、婚宴に参加したのである。

婚宴でのヴィスピャンスキは、何人もの招待客が証言しているように、踊りや余興には参加せず、一晩中「部屋」の戸口に凭れながら人々を観察していた。そして「着帽式」の最中に「ヤシェク」から、どの村人が誰なのか説明を受けた（とヤン・ミコワイチクが回想している）。ヴィスピャンスキの卓越した観察眼を証しているのは、「記者」が「ゾシャ」に好意を寄せていること、また「ヴォイテク」が病弱であることを婚宴の時点で見抜いていることである。「記者」スタジェフスキが「ゾシャ」パレンスカに恋心を抱いていたのは事実であり、彼女への失恋が後年の彼の自殺の原因の一つだと言われている。一方、「ヴォイテク」は婚宴のわずか数か月後に心臓発作で死去している。

四　『婚礼』の初演　実名スキャンダル

『婚礼』の執筆は、リデルの婚宴の後すぐに開始され、翌一九〇一年二月半ばに戯曲は完成した。『婚礼』

を脱稿したヴィスピャンスキは、手稿を出版社にではなく、まず劇場に持ち込んだ。そしてクラクフ市立劇場の支配人ユゼフ・コタルビンスキ（一八四九〜一九二八）に読み聞かせた後、上演の承諾を得た。が、一つ問題があった。

もちろん検閲の問題もあったが、それ以上にコタルビンスキが心配したのは、手稿では「人物」たちがすべて実名、もしくは誰を指すか一目瞭然の愛称や綽名で記されていたことである。例えば、現在知られる「市議夫人」ではなく「ドマンスカ夫人」、「記者」ではなく「ドルチョ」（ルドルフ・スタジェフスキの綽名）といった具合である。

演劇の地位が今より高かった時代、良家の子女はしばしば劇場へ通った。そして舞台で示されることは一定の信憑性あるいは説得力を持った。実名やすぐに本人が特定される愛称、綽名を用いての上演は、その人の周辺を暴露するものとしてスキャンダルになり兼ねなかった。コタルビンスキが心配と難色を示し、ヴィスピャンスキが持論を説き、結局は現在知られる形に役名が変更された。が、それで終わりにはならなかった。

支配人の了承が得られたことで、劇場ではすぐに写本が作られ、演出家、俳優たち、劇作家が参加しての読み合わせ、試演が行なわれた。そして初演は一九〇一年三月十六日と決まった。

ところが、嫁入り前の「ハネチカ」を娘に持つヘレナ・リデル（一八四六〜一九二一。「花婿」ルツィアンの母でもある）は、親友エリザ・パレンスカ（「マリナ」「ゾシャ」の母）から戯曲の内容を聞き（エリザは自身が主催する文学サロンを通して戯曲の内容をすでに知っており、ゲネプロにも立ち会っていた）、ヴィスピャンスキに直談判した。戯曲の筋と愛称からすぐにそれが娘のことだとクラクフ社交界に知れてしまうとして、「ハネチカ」を戯曲から削除するよう求めた。ヴィスピャンスキは、ならば戯曲の上演自体を取りやめてもいいが、「ハネチカ」を消すつもりはないと答える。ヴィスピャンスキが経済的にも、婚姻無効の件でも苦しい状況にいることを知っていたリデル夫人は、ならばと『婚礼』初演の新しいポスターを自費で発注し、すでに劇場が用意して出回っていたポスターを貼り替えさせた。こうして「マリナ」「ゾシャ」「ハネチカ」が「クララ」「アニェラ」「クシシャ」に変更され、『婚礼』はようやく初演を迎えることができた。

そのため『婚礼』の歴史的初演のポスターは二種類が現在まで残っている。クラクフではその後も一九〇五年まで、上記三人の名前が変更されたまま『婚礼』は上演された。クラクフ以外の町での上演（例えば一九〇一年のルヴフ初演）、また戯曲の出版（一九〇一年）では、「マリナ」「ゾシャ」「ハネチカ」は一度も差し替えられることなく使われ続けた。

ちなみに、「ハネチカ」ことアンナ・リデルはその後、生涯結婚することなく、自ら看護師として働きながらポーランドの看護師養成に生涯を捧げ、ナイチンゲール記章などの勲章を受けた。また「花婿」ルツィアン・リデルは、妹を不名誉に晒したことで、また生来もの静かで控えめな新妻を「花嫁」のように描いたことで、ヴィスピャンスキをその後も恨み続け、絶交には至らなかったものの、二人の友情は終わりを告げた。

五　『婚礼』の構成　「馬小屋劇（ショプカ）構成」と農家の構造

『婚礼』は一読して分かるように、全編がいわゆる「馬小屋劇（ショプカ）構成」で作られている。すなわち、登場人物が数人ずつ（モノローグの場合は一人）舞台に現れ、会話を終えると退場する（退場せずに残る場合もある）という「場」を繰り返す劇構成である。ただし『婚礼』では、登場人物の入れ替わりが自然であるように配慮がされている。

戯曲冒頭の「舞台美術」にあるとおり、登場人物たちの会話はすべて「部屋」、いわゆる「白い部屋」（「明るい部屋」とも）で行なわれる。

ポーランドの伝統的な農家の構造では、家屋の中央を土間が表玄関から裏玄関まで貫いている。土間に分断された家屋の一方は生活空間、他方は接客空間として使われる。生活空間には、台所と食堂を兼ねる「黒い部屋」（室内に竈があるので壁が黒くなる）といくつかの小部屋（通常は家族の寝室、物置部屋など）があり、接客空間には、応接間である「白い部屋」と「脇部屋」（大家族の場合、『婚礼』のように家族の寝室として使われることもある）がある。「脇部屋」は補完的な空間で、「黒い部屋」に増設されることもある（その場合はたいてい納戸や物置、家族のための追加の寝室として使われる）。

つまり、登場人物たちの会話が行なわれる「白い部屋」（戯曲では単に「部屋」と呼ばれる）を「婚宴の扉」（ヴィスピャンスキが一晩中立って凭れていた戸口）から出ると、そこには土間があり、土間を横切った先に「黒い部屋」の戸口があり、中で踊りや「着帽式」が行なわれている（「黒い部屋」の扉は終始開け放たれている、が「舞台美術」が示すとおり、観客には土間もその先も見えない）。また「脇部屋」には（「白い部屋」を通らず）直接土間へ抜けられる出入口もあるらしい。戯曲の最後で疲労困憊の「ヤシェク」が「奥の扉」（つまり「脇部屋」と「白い部屋」の間の扉）に突然現れると卜書きにあるからである。

言い換えれば、婚宴で踊り疲れた登場人物たちが一休みするために、あるいは婚宴の喧騒や混雑を逃れるためにやって来るのが「白い部屋」であり、そこでの会話が『婚礼』を成しているのである。

だから、各場の登場人物たちが「部屋」に現れて会話を始める前に、どこで誰と何をしていたのか、あるいは何を見聞きし、何を感じ、何を考え、なぜ「白い部屋」に現れたのかを読み取ったり推測したり（多くの場合、何らかの形で戯曲に暗示されている）するのは、単に楽しいだけでなく、極めて重要でもある。

六　『婚礼』の「劇中人物」たち　象徴性《シンボリズム》と時代性

『婚礼』第一幕は、実在の「人物」たちの会話の断片を通して当時のポーランドの現実を浮き彫りにしているためしばしば「リアリズム」の幕と表現される。それに対して第二幕は、「劇中人物」たちが登場することから「ファンタジー」あるいは「シンボリズム」の幕と呼ばれる。

本訳で「劇中人物」としたポーランド語は、しばしば古代ギリシャ劇のポーランド語訳の冒頭に使われる表現である。またポーランド語による劇作伝統では、冒頭の「登場人物一覧」を単に「人物」と表記することも多い。しかし一つの戯曲に「人物」と「劇中人物」の両方が記されることは、通常ない。ヴィスピャンスキの他の戯曲にも見られない。

現実の「人物」との対比から定義すると、「劇中人物」はヴィスピャンスキの空想《ファンタジー》（想像力）によって創造され、象徴性《シンボリズム》を与えられた登場人物ということになる。あるいは、現実の「人物」の空想《ファンタジー》（想像力）によって現出し、象徴性《シンボリズム》を帯びた登場人物ということもできるだろう。

だが「劇中人物」は、「藁ぼっち」を除けば、みな歴史上の人物をモデルとしている。ならば、実在の客をモデルとする「人物」と何が変わるのだろうか？

「劇中人物」たちを、そのモデルたちが生きた時代順に並べれば（戯曲冒頭のリストでは年代順になっていない）、「黒騎士＝ザヴィシャ・チャルヌイ」「スタンチク＝同名」「ヴェルヌィホラ＝同名」「総司令官《ヘトマン》＝フランチシェク・ブラニツキ」「吸血鬼＝ヤクプ・シェラ」「幽霊＝ルドヴィク・ド・ラヴォー」となる。そしてモデルたちが関わったポーランド史上の事件、現象を端的に記せば、グルンヴァルトの戦い、ヤギェウォ朝の最盛期、コリーイの乱、タルゴヴィツァ連盟、ガリツィア大虐殺、そして「農民狂い」となるだろう。

グルンヴァルトの戦い（一四一〇年）は、ポーランド・リトアニア連合軍がドイツ騎士団を破った戦いであり、当時のヨーロッパの勢力図を塗り替え、ポーランドを強国として存在せしめた戦いであり、ザヴィシャ・チャルヌィも騎士として参戦していた。

ヤギェウォ朝の最盛期（十六世紀）は、ヨーロッパの強国ポーランドがルネサンスを謳歌していた時代であり、ヤギェウォ朝のみならずポーランド史全体を通しても「黄金時代」として記憶されている時代であり、その時期に王朝最後の三国王、アレクサンデル、ズィグムント一世老王（スタルィ）、ズィグムント二世アウグストに宮廷道化師として仕えたのがスタンチクである。しかし「賢者」らしく、近づく衰退を予感してもいた。

　コリーイの乱（一七六八）は選挙王制時代に、ポーランド＝リトアニア「共和国」が支配するウクライナで起きた反乱であり、カトリックのポーランド貴族（シュラフタ）が正教徒のウクライナ農民に加えた宗教的、民族的、階級的迫害が原因とされる。それは弱まる王権とは逆にどんどん発言力と特権を増していった奢る貴族（シュラフタ）への反抗であり、この乱の最中に『婚礼』は（スウォヴァツキの『サロメアの夢は銀色』の設定や筋を踏襲して）預言者ヴェルヌィホラを登場させている。

　また、タルゴヴィツァ連盟（一七九二）は、ポーランドの貴族（シュラフタ）、大貴族（マグナト）が政敵を挫くために自らロシア軍を国内に招き入れ、二度目のポーランド分割（一七九三）を引き起こした売国行為である。ポーランドの消滅（一七九五）をほぼ決定付けたこの連盟の主導者の一人が総司令官（ヘトマン）フランチシェク・ブラニツキである。

　さらに、ガリツィア大虐殺（一八四六）は、分割下のポーランド貴族（シュラフタ）が計画したクラクフ蜂起（一八四六）を挫折させるために、オーストリア＝ハンガリー帝国政府が画策した事件であり、その際にポーランド人内に横たわる身分間の不和が利用された悲劇である。オーストリア＝ハンガリー帝国政府に焚き付けられた農民は、農夫ヤクプ・シェラを首領として、長年の恨みを晴らすかのように貴族（シュラフタ）や大地主を虐殺して回った。結局、蜂起は失敗に終わり、ポーランドは独立を回復しないまま、分割統治が続いていくことになった。

そしてヴィスピャンスキの同時代、十九世紀末の「農民狂い」については上述したとおりである。画家ルドヴィク・ド・ラヴォーもブロノヴィツェ・マウェ村をしばしば訪れた芸術家の一人で、ミコワイチク三姉妹をモデルに絵を描き、次女「マリシャ」と婚約した。

つまり、「劇中人物」たちに与えられた象徴性（シンボリズム）とは、彼らの時代性に他ならないだろう。どの「劇中人物」も彼らが関わった事件だけでなく、彼らが生きた「当時のポーランド」を背負わされて登場している。その「当時のポーランド」をどう解釈し、どう受容するか、それは受け手の作業となる。

そしてこの受け手とは誰よりもまず、「劇中人物」の現出を受けた「人物」たちである。それぞれの「劇中人物」は決して偶然ではなく、特定の「人物」にのみ現出する。「詩人」はちょうど戯曲『ザヴィシャ・チャルヌィ』の構想中であり、「記者」はクラクフの保守派「スタンチク族」の一人であり、「主人」の机の上には常に『ヴェルヌィホラ』の絵が掛かっており、「花婿」は総司令官（ヘトマン）になりたい主人公を『魔法に掛かった水車』に書いたのであり、「浮浪爺」はガリツィア大虐殺の生き証人であり、「マリシャ」は画家の元婚約者である。彼らは現れた「劇中人物」を前にして、自分自身を見つめ直すことを迫られる。「劇中人物」が象徴する「当時のポーランド」と「現在の自分」とを照らし合わせ、摺り合わせる作業を迫られるのである。

『婚礼』の観客（あるいは読者）は、そういう「人物」たちの反応をも目にしながら、そして彼らと自分との距離を測りながら、「当時のポーランド」を解釈し、「現在の自分」の問題として受容していくことになる。（「藁ぼっち」の象徴性については次節）

七　『婚礼』の宴　国家の夢と祭りの後

第一幕が「リアリズム」、第二幕が「シンボリズム」

あるいは「ファンタジー」と呼ばれるのなら、第三幕は何と呼ばれるべきだろうか？　今のところ固定した呼び名はない。

　第三幕では第一幕と第二幕のすべてが流れ込むというのは確かである。つまり、「リアリズム」も「シンボリズム」も「ファンタジー」も、すべてが流れ込んで、混ざり合うのが第三幕である。そしてその結果醸成される異様な昂揚感、異常なテンションの高さは、集団の熱病あるいは幻覚体験を思わせる。とすれば、熱に浮かされて彼らが見ている夢とは、幻覚とは何だろうか？　それは「ポーランド国家」に他ならないだろう。

　第二幕で「劇中人物」たちが断片的に紡ぐポーランド史がヤギェウォ朝から始まるのは決して偶然ではないだろう。「劇中人物」の中に「ピャスト王」がいないのも偶然ではないだろう。ピャスト王は、ポーランド最初の王朝、ピャスト朝の創始者とされる伝説上の王である。それはすなわち、ピャスト朝にとどまらず、国家としてのポーランドの創始者をも意味する。戯曲中で一度ならず言及されているにもかかわらず、「ピャスト王」はどの「人物」にも現出しない。

　ポーランドが国家として存在しないとき、ピャスト王＝興国者が待望されるのは容易に理解できる。問題は彼をどこに探すかである。『婚礼』の農民たちに、自分たちがピャスト王の末裔だという意識があるかどうかは怪しい。ポーランドを再び興す用意はある。そのために戦う用意もある。この点では貴族（シュラフタ）よりもよほど積極的である。しかし、ポーランドを興すこととピャスト王の偉業とが農民たちの中で結び付いているようには見えない。農民とピャスト王とを連想しているのは、むしろ貴族（シュラフタ）である。ピャスト王の継承者としての農民について話しているのは「主人」と「詩人」である（第一幕二十四場）。だが他方では農民に対する根強い不信感もどこかに残っている。それは農民たちも貴族（シュラフタ）に対して同じである。

　かくして煮え切らないうちに、ピャスト王探しは宙に浮いたまま有耶無耶になる。そして、ピャスト王なしのポーランド国家探しだけが続いていくのである。言い換えれば、第三幕はポーランド探しの喜劇、あるいは悲喜劇である。それは終幕に向けて異様に盛り上がっていく。そしてその盛り上がりが頂点に達したと思った瞬間に、日の出あるいは鶏の声というごく平凡な、毎日繰り返される現実によってポーランド探しは急にしぼんでしまう。夢が覚めて、次の一日が始まる。宴の酔いが醒めて、祭りの後の気だるさともの悲しさが漂うのである。第三幕は、いや、そもそも『婚礼』の全体が、宴とは切っても切り離せない。宴が持つ独特の昂揚感、異常な力を抜きにして『婚礼』を語ることはできない。『婚礼』で起きるすべての出来事は宴の上でこそ可能なのである。

そして宴の後に何が残るか、それを戯曲の最終場は見事に描いてみせる。表情をなくして操り人形のように踊り続ける群衆。その踊りに音楽を与えている得体のしれない「藁ぼっち」。そして不確かなポーランド探しに振り回されて憔悴しきった「ヤシェク」。それは決して悲劇ではない。ただの宴の後である。何度も繰り返されてきた宴の後である。ポーランド人自身が何度も繰り返してきた宴の後である。

『婚礼』の「藁ぼっち」については多くの研究があり、その象徴性（シンボリズム）についても一義的に言うことはできない。ただ一つ確かなのは、「藁ぼっち」が「劇中人物」の誰よりもヴィスピャンスキの空想（ファンタジー）（想像力）の恩恵を受けており、「劇中人物」の中で彼だけが戯曲全体を通して、第一幕から三幕まで登場することである。実際に姿を見せるのは第二幕と第三幕だけだが、第一幕ですでに言及されており、「ラケル」の発案で「魂入れ」が行なわれている。そして戯曲を通じて常にどこかに、「田舎家」の内外に、婚宴の周りに存在していたはずであり、ただし婚宴の昂揚感とはまったく無関係に、一貫して何らかの自身の意図を持って動いていたように見える。ただその意図は誰にも分からず、「藁ぼっち」は不可解、異様な存在であり続ける。「作者の分身」とか「人形回し」と呼んで片付けられる簡単な存在では決してないだろう。彼が何者であるかという問いにヒントを与えてくれるのは（与えてくれるとすれば）、彼が姿を見せたのが「イシャ」と「ヤシェク」だけだという事実以外にないだろう。

「ヤシェク」については、彼は単に憔悴しているだけではない。宴の後で気づいてみれば、彼はすべてを失っていたのである。ポーランドのために重要な務めを果たして帰ってきた彼を迎えるものは誰もいない。さらに、彼を娘たちの、そして「ハネチカ」の憧れの的にしてくれる孔雀羽の帽子をなくし、興国者に、国家の英雄にしてくれる角笛もなくした。作男としての労働という現実だけが残るが、それさえ一人では到底こなせない。こうして宴の後の気だるさともの悲しさ、そして虚無感の中に彼はたった一人取り残されたのである。

以上が『婚礼』の終わりにヴィスピャンスキが見せたものである。初演後の劇評が記すように、幕が下りた瞬間、しばらく静寂が客席を覆い、その後で熱狂的な喝采が起こったのは、観客の誰もが『婚礼』のどこかに、誰かに自分を見たからに他ならないだろう。

『婚礼』とはまさに、同時代のポーランドを、ポーランド人を言葉と音と動作で（つまり演劇という言語で）表現したら？――という問いにヴィスピャンスキが出した答えである。そして、そのポーランドを、ポーランド人をこれからどうするか？――という問いの答えは、もはや受け手が各自考えればいいのである。

八　『婚礼』のテクスト　原典、訳題、韻文、方言

初演後まもなく四月末から五月初めにかけて『婚礼』の初版が刊行された。ヴィスピャンスキは初演の印象を基に「舞台美術」やト書きをいくつか加筆している（手稿や劇場写本に「舞台美術」はなかった）。そして作者の生前、第二版と第三版も刊行された。

1　原典について

『婚礼』の翻訳に際して底本としたのは、Stanisław Wyspiański, Wesele, oprac. Jan Nowakowski, Biblioteka Narodowa, Zakład Narodowy im. Ossolińskich, Wrocław 1984 (wyd. IV) である。ちなみに、この底本は一九五八年版『ヴィスピャンスキ全集』（全十六巻、内『婚礼』は第四巻）を典拠としており（Stanisław Wyspiański, *Dzieła Zebrane*, tom 4: Wesele, Wydawnictwo Literackie, Kraków 1958）、さらにこの五八年版『全集』の『婚礼』は、『婚礼』第三版（一九〇三）に基づいている。

　また翻訳の際には、『婚礼』第三版（一九〇三）も、底本とほぼ同じ頻度で参照した。第三版はヴィスピャンスキが生前目を通した最後の版である。当然、初版と第二版の後で必要な修正加筆を行なっている。だが、訳者が第三版を敢えて参照した理由は別にある。というのも戦後の版では、ヴィスピャンスキが戯曲に書き込んだ「間」を読み取ることが困難だからである。例えば、ヴィスピャンスキは戯曲の中で「—」（ダッシュ）とは区別して「, —」（コンマとダッシュ）という記号を台詞の中や後に多用する。前者は普通の（必ずしも一義的でない）ダッシュとして読めばいいのだが、後者は明らかに「間」を意味している。ところが戦後の版ではどちらの記号も「—」として表記されている。ちょうど本来あるべきところにないコンマを補って出版するように、本来あるべきでないコンマが取り除かれているということだろう。「, —」などという記号（の組み合わせ）は本来存在しないからである。

　この翻訳ではできる限り、ヴィスピャンスキが書き込んだ「間」も移した。

2　訳題について

　訳題の『婚礼』は、チェスワフ・ミウォシュの邦訳『ポーランド文学史』やアンジェイ・ワイダの映画『婚礼』など、先行する訳題にしたがった。

　ただ、原題「Wesele」は本来「婚宴」を意味する語で、派生語に「陽気、賑やか」を意味する形容詞を持ち、「盛大、賑やか」といった修飾語とよく結びつく。実際、戯曲の中でも「宴、宴会」を意味する語で言い換えられている。何より、戯曲の筋も主題も「宴」が持つ独特の雰囲気（熱気、喧騒、酔いとその後の醒め）と切っても切り離せない。そのため原テクストに出てくる「wesele」の語は、訳題を除き、すべて「婚宴」として訳してあることを断っておきたい。

3　韻文について

『婚礼』の原文は一応韻文で書かれている。「一応」というのは、戯曲を通して守られている規則がないからである。戯曲の大部分は一行八音節で書かれ、脚韻を踏んでいる。が、その脚韻に一貫した規則がない。隣り合う行同士で踏んでいる場合と一行置きに踏んでいる場合があり、前者のタイプから後者のタイプへ変わるときの規則性が見られない。同じように、八音節の行が続いた後で突然七音節の行が現れて続いたり、八音節の行と七音節の行が交互になったり、かと思えば、八音節でも七音節でもない行が唐突に一行だけ現れることもある。全体的な印象として、韻文であることはすぐに感じ取れるものの、そこに明確な規則を見つけるのは難しい。

そのため、翻訳に際しては原文の韻律を移そうとはしなかった。それよりも明快でリズムよく読める訳文を心掛けた。

4　方言の翻訳について

『婚礼』の魅力の一つは、まちがいなく、村人たちが話す方言、あるいはそれが町の言葉との間で織りなすコントラストだろう。

クラクフからの客人たちが話す言葉には、地方色がほとんど見られない。現代の標準ポーランド語話者にも問題なく理解できる言語である。

それに比べて村人たちの話す方言は、かなり異質で、時として直ぐの理解が難しい。「標準語」というものが作られる前から存在し、生活に応じて変化してきた言語なのだから、「標準語」の文法や発音といった枠に収まらないのも当然である。村人たちが話す方言の主な特徴を挙げれば——

●いわゆる「mazurzenie」、すなわち、そり舌音が歯茎音で発音される現象（例えば「sz シュ」「cz チュ」「ż ジュ」の音が「s ス」「c ツ」「z ズ」と発音される）

●一部の母音が口を狭めて発音される（例えば「a ア」が「o オ」、「e エ」が「i イ」と発音される）

●鼻母音が他の母音などに置き換えられる（例えば「ę エン」が「e エ」、「ą オン」が「om オム」と発音される）

●特殊な語彙（とくに基本動詞から派生した動詞に多い）

●特殊な語形変化（とくに形容詞の女性形に多い）

——となる。

ヴィスピャンスキはそうした村人たちの言語をそのまま戯曲に採用している。つまり、「農民風」に様式化された虚構の方言でなく、実際にブロノヴィツェ・マウェ村で自分が耳にした方言をそのまま戯曲に書き込んでいる。だから当然、辞書にない語彙や文法書にない語形変化なども頻繁に現れる。それは現にそうして話されていたのだからヴィスピャンスキに非があるわけではない。が、だからと言って、ヴィスピャンスキの方言採用法にまったく問題がないわけではない。とくに、五八年版『全集』の『婚礼』巻末に付けられた「補足批評」で編集責任者レオン・プウォシェフスキが指摘しているように、ヴィスピャンスキの方言採用法は、実際に使われている言語から取ったという点で厳密ではあるものの、同じ村人が発する同一の語が、一つの場においてさえ時に一貫性を欠いているのである。例えば、ある場の最初で「może モジェ」（「かもしれない」の意）と発音されていた語が、すぐ後で同じ登場人物によって「moze モゼ」と発音されている、といった具合である。

原典を読むときにはとても面白い方言だが、しかし、それを日本語に移すとなると、とんでもなく厄介である。たとえ採用の仕方が不徹底であっても、実在する方言で書かれているという事実は、翻訳の際に無視できない（と訳者は考えた）。そこで『婚礼』の翻訳でも、訳者の想像で「方言もどき」を作るのでなく、実際に日本のどこかで話されている方言を借用することにした。「mazurzenie」を何とか翻訳に表現したいと考えて、一つ仮名方言（いわゆる「ズーズー弁」で東北地方に多い）を思い付き、また、特殊な語彙に頼らずに「方言」であることを読者に知らせるために、「や」の方言（断定の助動詞として「だ」の代わりに「や」を用いる方言で、西日本方言に多い）に行き着いた。そして東西の方言の接点に、ちょうど「や」を断定の助動詞として使いながら同時に一つ仮名方言も残している方言、富山方言（とくに呉東の新川地区の方言）を探し当てた。幸い、富山方言は訳者にとって聞き慣れた方言である。ただ、富山方言を借用するといっても、訳文に注釈が必要になるような独特の語彙は意図的に避けた。またできる限り、訳者が実際に耳にし、目にした表現を使用した。実在の方言を借用したことへの批判、訳文の方言の不正確さへの批判があれば、甘んじて受けるつもりである。訳者としてはひとえに、読者の前にブロノヴィツェ・マウェ村の登場人物たちが生き生きとした人格を纏って現れることを望むのみである。

二〇二三年九月二日、ポズナン

津田晃岐

Niniejsza publikacja została wydana w serii wydawniczej
„Klasyka literatury polskiej w języku japońskim”
w ramach „Biblioteki kultury polskiej w języku japońskim”
przygotowanej przez japońskie stowarzyszenie „Forum Polska”,
pod patronatem i dzięki finansowemu wsparciu wydania przez Instytut Polski w Tokio.

本書は、ポーランド広報文化センターが後援すると共に出版経費を助成し、
「フォーラム・ポーランド」が企画した
《ポーランド文化叢書》の一環である
《ポーランド文学古典叢書》の一冊として刊行されました。

Stanisław Wyspiański

1869年生（クラクフ）、1907年没（クラクフ）。19世紀末から20世紀初頭にかけてのポーランドのモダニズム文芸運動「若きポーランド」を代表する画家、劇作家。画家としての代表作には、クラクフ市フランチェスコ会大聖堂のステンドグラス「父なる神」（1897～1902年）のほか、自身の家族や友人を独特のタッチで描いたパステル画「母性」「少年像」（ともに1905年）などがある。また劇作家としての代表作は、本書『婚礼』（1901年）のほか、『ヴァルシャヴィヤンカ』（1898年）、『十一月の夜』（1904年）、『オデュッセウスの帰還』（1907年）など。『婚礼』によって「国民的詩人」となるも、まもなく急激に進行した病のため没する。

つだ てるみち

1972年金沢市生まれ。北海道大学文学部（ロシア文学）卒業。東京外国語大学修士課程（ポーランド語）中退。アダム・ミツキェヴィチ大学古典・ポーランド文学部修士課程修了。同大学同学部博士課程（演劇学講座）で博士号を取得。ポズナン市エスコラピオス学園高等学校ポーランド語教師。グダンスク大学日本語学科准教授。主な著作に、タデウシュ・カントル作演出『ヴィエロポーレ、ヴィエロポーレ』『私は二度とここには戻らない』（翻訳字幕制作）、「ポシフィャトフスカ詩選」（翻訳、『ポケットのなかの東欧文学』所収）、「パフォーマティヴな空間――寺山修司の演劇空間」（巻頭論文、『寺山修司研究』第十号所収）、夏目漱石『夢十夜』『俳句――1889～1895年』（ともにポーランド語訳、津田モニカ氏との共訳）などがある。ポーランド、ポズナン市在住。

婚礼

《ポーランド文学古典叢書》第 11 巻

2023年11月27日初版印刷
2023年12月 5 日初版発行

著者　スタニスワフ・ヴィスピャンスキ
訳者　津田晃岐
発行者　飯島徹
発行所　未知谷
東京都千代田区神田猿楽町 2 丁目 5-9　〒 101-0064
Tel. 03-5281-3751 / Fax. 03-5281-3752
［振替］　00130-4-653627

組版　柏木薫
オフセット印刷　モリモト印刷
活版印刷　宮田印刷
製本所　牧製本

Publisher Michitani Co. Ltd., Tokyo
Printed in Japan
ISBN 978-4-89642-711-0　C0398

《ポーランド文学古典叢書》

第1巻　挽歌
ヤン・コハノフスキ　関口時正 訳・解説　96頁1600円

第2巻　ソネット集
アダム・ミツキェーヴィチ　久山宏一 訳・解説　160頁2000円

第3巻　バラードとロマンス
アダム・ミツキェーヴィチ　関口時正 訳・解説　256頁2500円

第4巻　コンラット・ヴァレンロット
アダム・ミツキェーヴィチ　久山宏一 訳・解説　240頁2500円

第5巻　ディブック／ブルグント公女イヴォナ
S. アン＝スキ、W. ゴンブローヴィチ
西成彦 編 赤尾光春／関口時正 訳　288頁カラー口絵2枚3000円

第6巻　ヴィトカツィの戯曲四篇
S. I. ヴィトキェーヴィチ　関口時正 訳・解説　320頁3200円

第7巻　人形
ボレスワフ・プルス　関口時正 訳・解説　1248頁6000円

第8巻　祖霊祭　ヴィリニュス篇
アダム・ミツキェーヴィチ　関口時正 訳・解説　240頁2500円

第9巻　ミコワイ・レイ氏の鏡と動物園
関口時正 編・訳・著　176頁2000円

第10巻　歌とフラシュキ
ヤン・コハノフスキ　関口時正 訳・解説　272頁3000円

第11巻　婚礼（本書）
スタニスワフ・ヴィスピャンスキ　津田晃岐 訳・解説　208頁2500円

以下、続刊予定

＊次頁より時代順に詳細＊

未知谷

《ポーランド文学古典叢書》

菊地信義 装幀

未知谷

《ポーランド文学古典叢書》

ミコワイ・レイ　Mikołaj Rej

16 世紀　1505 年生〜 1569 年没。ポーランド南部で生涯を過ごし、歴史上初めて、ポーランド語だけで執筆して多くの著作を残した作家。「黄金時代」とされる 16 世紀のポーランド・ルネッサンス文化を代表する人物であり、19 世紀には「ポーランド文学の父」と呼ばれるようになる。カルヴァン派信徒。国会議員でもあった。代表作には『領主と村長と司祭、三人の人物の短い会話』(1543)『動物園』(1562)『鏡』(1568) などがあるが、日本語の翻訳はなく、人物と作品の紹介も、本書が日本では初となる。

第９巻

ミコワイ・レイ氏の鏡と動物園

関口時正 編・訳・著

「古き楽しきポーランドの象徴」とも称される人気作家の数多の作品から、絶妙な編纂と翻訳、そして補説。本邦で初めての紹介。

978-4-89642-709-7
176 頁本体 2000 円

未知谷

《ポーランド文学古典叢書》

ヤン・コハノフスキ　Jan Kochanowski

16世紀　1530年スィツィーナ（ポーランド）生、1584年ルブリン（ポーランド）没。19世紀にアダム・ミツキェーヴィチが出現する以前のポーランド文学において最も傑出した詩人とされる。ラテン語でも執筆した。その文学には、ギリシア・ローマ古典文化の継承に代表されるルネッサンス期欧州共通の特質に加えて、宗教的寛容、田園生活の礼讃、鋭い民族意識といったポーランド的特徴を見て取ることができる。

第1巻

挽歌

関口時正 訳・解説

コハノフスキの代表作。完成された簡素さと最大限の情緒性に驚嘆する、娘オルシュラの死を悼む19篇、涙なしには読めない連作。

978-4-89642-701-1
96頁本体1600円

第10巻

歌とフラシュキ

関口時正 訳・解説

その歌（歌唱）とフラシュキ（戯れ歌）は、今日もポーランドの中学国語で最初の教材であり、多くの文学者に影響を与えてきた。格調高く典雅な歌から、俗で卑猥な言葉、激越な弾劾、囁き声の告白まで。コハノフスキの自由で豊かな言葉の世界へようこそ

978-4-89642-710-3
272頁本体3000円

未知谷

《ポーランド文学古典叢書》

アダム・ミツキェーヴィチ　Adam Bernard Mickiewicz

19世紀　1798年ザオシェ（またはノヴォグルデク）生、1855年イスタンブール没。ロマン主義詩人、文学史家、思想家、政治家。ヴィルノ大学在学中から、愛国的運動に参加。1824年ロシアに流刑され、1829年出国。1832年にパリに定住。1839～40年スイスのローザンヌで教鞭をとり、1841～44年にはコレージュ・ド・フランスでスラヴ文学を講義した。クリミア戦争に際して、ポーランド義勇軍を組織しようとしたが病に倒れた。

第2巻

ソネット集

久山宏一 訳・解説

オデッサとクリミアの、恋のソネット集

978-4-89642-702-8

160頁本体2000円

第3巻

バラードとロマンス

関口時正 訳・解説

ポーランド・ロマン主義の幕開けを告げた記念碑的作品集

978-4-89642-703-5

256頁本体2500円

第4巻

コンラッド・ヴァレンロット

久山宏一 訳・解説

ポーランド語に「ヴァレンロット主義」なる語を生んだ国民的詩人の代表作

978-4-89642-704-2

240頁本体2500円

第8巻

祖霊祭　ヴィリニュス篇

関口時正 訳・解説

放浪の天才詩人ミツキェーヴィチの演劇分野での最高の達成

978-4-89642-708-0

240頁本体2500円

《ポーランド文学古典叢書》

ボレスワフ・プルス　Bolesław Prus

19世紀　1847年フルビェシュフ（ポーランド）生、1912年ワルシャワ没。近代ポーランド語文学を代表する評論家・小説家。ロマン主義を克服しようとするポズィティヴィズム運動の主要な論客、活動家の一人。生涯の大半をワルシャワを中心とするロシア領ポーランドで過ごし、ジャーナリストとしての仕事のかたわら、多様な社会福祉活動を自ら実践した。小説の代表作には『人形』、『ファラオ』、『前哨地』がある。

第7巻

人形

関口時正 訳・解説

沼野充義氏激賞！「ポーランド近代小説の最高峰の、これ以上は望めないほどの名訳。19世紀の社会史を一望に収めるリアリズムと、破滅的な情熱のロマンが交錯する。これほどの小説が今まで日本で知られていなかったとは！」

978-4-89642-707-3
1248頁本体6000円

☆第64回読売文学賞　☆第４回日本翻訳大賞　受賞作

未知谷

《ポーランド文学古典叢書》

S・アン＝スキ　S. An-Ski

19-20 世紀　1863 年、ベラルーシのヴィテプスク地方に生まれる（出生名はシュロイメ・ザインヴル・ラポポルト）。ユダヤ教の教育を受けた後、ユダヤ啓蒙主義に転じ、ロシア語で小説や社会評論を執筆。ナロードニキ運動に関わり、パリで亡命生活を送った後、スイスで社会革命党の活動に従事。ロシアに帰還後、ユダヤ文化復興に尽力する傍ら、ユダヤ民俗調査団を指揮した後、戯曲『ディブック』を創作。第一次世界大戦中はユダヤ人難民の救済事業に携わり、その記録を『ガリツィアの破壊』にまとめた。ロシア革命後は、ヴィルノ（現ヴィリニュス）を経てワルシャワ近郊に落ち延び、1920 年に死去。

ヴィトルト・ゴンブローヴィチ　Witold Gombrowicz

20 世紀　1904 年マウォシーツェ（ポーランド）生、1969 年ヴァンス（フランス）没。20 世紀ヨーロッパ文学を代表する作家の一人。ワルシャワの高校、大学に学び、1939 年夏以降アルゼンチン、1964 年以降フランスに住んだ。代表作に短篇集『バカカイ』、小説『フェルディドゥルケ』『トランス＝アトランティック』『ポルノグラフィア』『コスモス』などがあり、いずれも邦訳がある。すべての作品をポーランド語で書いたが、それらがポーランド国内で検閲の介入がない形で自由に読めるようになったのは、民主化後の 1990 年代のことだった。

第5巻

ディブック／ブルグント公女イヴォナ

西成彦 編／赤尾光春 訳／関口時正 訳

世界の戯曲中、最も有名なユダヤ演劇作品「ディブック」と全世界で毎年欠かさず上演される人気作「ブルグント公女イヴォナ」アンジェイ・ワイダによるスケッチもカラーで。

978-4-89642-705-9
288頁カラー口絵２枚本体3000円

未知谷

《ポーランド文学古典叢書》

スタニスワフ・イグナツィ・ヴィトキェーヴィチ
Stanisław Ignacy Witkiewicz

20世紀　1885年ワルシャワ（ポーランド）生、1939年イェジョーリ村（現ウクライナ）没。20世紀ポーランド文化を代表する劇作家・画家。生涯の大半を南部山岳地帯のザコパネの町で過ごした。1939年9月、ソ連軍進攻の報に接して自殺。テクストとしての代表作には、不条理演劇の先駆と言われた戯曲数十篇の他、小説『非充足』、『秋への別れ』などがある。

第6巻

ヴィトカツィの戯曲四篇

関口時正 訳・解説

60年代から現在に至るまで、世界各地で上演され続ける前衛演劇、厳選四作品をポーランド語からの直接翻訳で紹介。「小さなお屋敷で」「水鶏」「狂人と尼僧」「母」を収録

978-4-89642-706-6
320頁本体3200円

それは人が睡眠中に経験する《夢》のリアリティだろうと、私は思う。日常世界を支配する法則とは異なる、言語にしえない不可思議な原理で人を動かす《夢》のような情況をヴィトカツィは演劇で現出させようとしたのだと思う。その意味では、彼の志向はダダイストやシュルレアリストの志向と重なる部分が多かった。同時にそれは明らかにフロイトやユング以後の世代の志向だった。そしてそれは、第二次世界大戦後、同じく美術作家だったタウデシュ・カントルの演劇にも引き継がれた。カントルの舞台を見れば、ここにチスタ・フォルマを実現した演劇があると言ってヴィトカツィは喜んだのではないだろうか。

（本書「解説」より）